KB119277

골 드 러 시

골 드 러 시

서수진
소설집

차례

입국심사 7

캠벨타운 임대주택 25

골드러시 55

졸업 여행 85

헬로 차이나 109

한국인의 밤 143

외출 금지 173

배영 209

작가의 말 229

입 국 심 사

디트로이트공항에 도착했어.

유미는 페이스북으로 에디에게 메시지를 남겼다. 인터뷰실에 와 있다고 말해야 할까 잠시 고민했지만 휴대폰을 가방에 넣었다. 대신 파우치에서 손거울을 꺼냈다. 이마에 달라붙은 머리카락을 떼어내고 립밤을 발랐다. 노란색 원피스를 탁탁 털고 허리를 꼿꼿이 세웠다. 여전히 손에 땀이 나고 입술이 말랐다.

인터뷰실에는 은행 창구처럼 직원 여러 명이 기다랗고 높은 탁자 너머에 나란히 앉아 있었다. 아랍인 남자와 여자가 왼편에 서서 인터뷰하는 중이었는데 자신들이 부부임을 아주 자세히 반복해서 열심히 설명했다. 중앙에 앉은 남자 직원과 오른쪽 여자 직원은 유미가 보이지 않는 듯 시답잖은 이야기를 나누었다. 애너벨이 병가를 낸 거 아냐고 남자가 묻자 여자는 애너벨을 누가 믿냐며 웃었다. 유미는 그들의 얘기를 듣지 않는 척하면서 모두 듣고 있었다.

웃기는 게 뭔지 알아? 거짓말이 다 들통나는 거야.

여자 직원은 웃음기가 가시지 않은 목소리로 유미의 이름을 불렀다.

유미가 다가서자 그녀의 얼굴이 딱딱해졌다. 그래도 갈색 피부와 풍성한 곱슬머리는 왠지 좋은 신호로 느껴졌다. 대화를 오래 엿들으면서 그녀의 영어가 에디의 영어와는 매우 다르므로 미국에서 태어난 사람은 아닐 거라고 확신했다. 그것 역시 좋은 신호였다.

직원은 유미에게 혼자 왔냐고 물었다.

가족은요?

한국에 있어요.

왜 같이 안 왔어요?

다들 일해야 하니까요.

어머니도 일하나요?

유미가 대답을 준비한 질문은 미국에 왜 왔냐, 얼마나 오래 있을 거냐, 어디에 묵을 계획이냐, 돈을 얼마 들고 왔냐 같은 것들이었다. 어머니가 일을 하는지 안 하는지를 왜 묻는지 알 수 없었으나 최대한 성실하게 대답했다. 답변이 마음에 들었는지 직원은 고개를 끄덕이더니 마침내, 얼마나 머물 예정이냐고 물었다.

유미는 한국으로 돌아가는 항공권을 내밀었다. 직원은 출발 날짜를 확인하고는 왜 세 달이나 있냐고 물었는데, 비자 유효기간이 3개월이니까 최대한 여유롭게 여행하고 싶다는 대답을 듣자 어떻게 세 달이나 있을 수 있냐고 바꿔 물었다.

일을 안 해요?

그만뒀어요.

직원이 미간을 찌푸리고 유미의 얼굴을 쏘아보다가 돌아가는 항공권의 출발 공항을 가리켰다.

잭슨빌공항이네요?

유미는 고개를 끄덕이면서 세 시간 뒤에 디트로이트에서 출발해 잭슨빌에 도착하는 국내선 항공권을 내밀었다.

디트로이트를 경유하는 것뿐이에요.

에디의 집은 플로리다의 작은 도시 잭슨빌에 있었다. 그의 집에서 멀지 않은 곳에 1년 내내 따뜻한 해변이 있다고 했다. 유미의 캐리어에는 갖가지 색의 비키니와 커버업 원피스가 가득 담겨 있었다.

왜 올랜도공항으로 가지 않죠? 플로리다에 가는 관광

객은 대부분 디즈니랜드를 보고 싶어 하는데요.

유미는 에디 이야기를 하지 않을 작정이었다. 미국에 지인을 보러 왔다는 답변은 미국 입국심사에 적합하지 않다고들 했다. 관광하러 왔음을 강조해야 한다고 했다.

저는 남들이 가지 않는 곳에 가고 싶어요.

그러니까 볼 것도 없는 잭슨빌에 아무 이유도 없이 세 달이나 있겠다는 거죠?

유미가 어떻게 대답할지 말을 고르는 동안 직원이 손을 내밀었다.

휴대폰을 주세요, 잠금을 풀어서.

유미는 생각지도 못한 요구에 당황해 가방을 움켜쥐었다.

이러는 거 불법 아닌가요?

여기는 공항이에요. 당신은 아직 미국에 들어선 게 아니라고요. 지난주에도 관광비자로 들어온 사람의 휴대폰에서 미국 현지 식당 사장과 나눈 메시지를 확인했어요. 미국에서 일하기로 했다고 페이스북에 당당히 올리기까지 했던데요. 어떻게 생각해요? 나는 당신을 미국에 들여야 할지 결정하기 위해 당신의 휴대폰을 볼 권리와 의무가 있어요. 내 요구를 거절하면 당신을 추방할 수도 있지요. 여기서 당신이 보호받을 수 있는 법은 없어요.

유미는 직원의 남미 억양이 매우 거슬렸다. 심장이 빠르게 뛰었다. 짜증과 긴장이 뒤섞여 피부가 어두운 그녀를 증오하는 마음이 일었지만, 휴대폰을 건네는 수밖에 없었다.

직원은 휴대폰 화면에서 빠르게 페이스북 메신저 앱을 찾아 터치했다. 메시지 기록의 상단에는 유미가 에디에게 남긴 메시지가 있었다. 디트로이트공항에 도착했어. 에디는 아직 답이 없었다. 인천공항에서 출발하며 남긴 메시지들 역시 읽지 않은 상태였다. 유미의 얼굴이 차츰 붉어졌다.

에디가 누구죠?

남자친구요.

미국인이에요?

네.

당신은 거짓말을 했군요.

유미는 당혹감을 들키지 않으려고 그런 질문은 받지 않았다고 빠르게 반박했다. 혼자 왔냐고, 가족은 뭐 하냐고, 어디를 여행할 거냐고 묻지 않았냐고 항변했다.

저는 묻는 말에 대답했을 뿐이에요. 거짓말하지 않았어요.

직원은 어깨를 으쓱하고는 종이 한 장을 내밀었다.

여기서 거짓말하면 즉시 추방당할 근거가 된다는 내용이에요.

남자친구를 언제 처음 만났는지, 누구에게 소개받았는지, 얼마나 만났는지, 가족들은 아는지 질문이 이어졌다. 남자친구에게 어떤 이유로든 돈을 보낸 적이 있는지 물을 때는 탁자에 놓인 종이를 손가락으로 두 번 두드리기도 했다. 유미는 직원이 무슨 생각을 하는지 알았다. 입국심사에서 남자친구를 보러 왔다고 말하지 않기로 다짐한 이유이기도 했다. 그들은 유미를 위장결혼, 불법체류 따위와 연관 지어 보기 시작한 것이다.

*

한국에서 유미의 연인이 미국인이라는 걸 알게 된 사람들은 보통 어떻게 만났는지, 미국인이 한국에서 뭘 하는지 물었다. 한 친구는 진지하게 만나는 건 아니지? 묻기도 했다. 유미는 그런 질문이 싫었다. 그렇게 질문하는 사람들은 편견을 스스로 드러내는 꼴이라고 생각했다. 자기 대답이 그들의 편견에 확신을 심어줄 것 같아 더더욱 싫었다. 그녀는 에디가 미군이고 이태원 펍에서 만났다고 말하는 대신,

요즘 외국인 만나는 사람이 어디 한둘인가, 라며 질문과 전혀 상관없는 대답을 하곤 했다.

머리가 짧고 근육을 잔뜩 키운 백인 남자가 펍에서 말을 걸어왔을 때 유미가 고개를 끄덕거린 이유는 아이러니하게도 바로 그 편견 때문이었다. 그의 모습이 취향에 완벽하게 들어맞았음에도 거부감을 느끼는 자신이 마음에 들지 않았다. 유미는 뭔지도 모르는 대상과 싸워야겠다고 마음먹었다. 일종의 투쟁처럼 미군의 데이트 신청을 받아들여 그의 손을 잡고 대로변을 걸었다. 대놓고 적의에 찬 시선을 받을 때마다 다짐을 더 굳건히 했다. 어디 봐라, 나는 너의 수준 낮은 편견과 싸우고 있다.

다행히 에디는 유미의 투쟁에 별다른 생각이 없었다. 그는 남자친구에게 가족은커녕 친구도 소개해주지 않는 것이 한국 정서라는 그녀의 말을 의심하지 않았다. 페이스북에 연애 중이라고 표시하지 않는 것도, 사진에 남자친구를 태그하지 않는 것도 한국 문화라는 말을 믿었다. 한국에서는 못 살겠네, 에디는 농담처럼 말했는데 그건 사실이기도 했다. 복무가 끝나면 한국을 떠나 다시 돌아올 계획이 없었다. 그는 여권이 없었고 한국 공항에서 입국심사조차 받지 않았다. 그저 다른 미군부대로 발령 났을 뿐이었다.

*

유미는 인터뷰실 직원의 질문이 굉장히 불쾌했는데 동시에 매우 익숙하다는 느낌을 지울 수 없었다. 평소라면 입을 다물었을 테지만 입국심사를 받는 상황에서는 그럴 수 없었다. 그녀는 에디가 미군이고 군부대 근처에서 만났다는 사실을 강조했다.

그곳엔 미국 사람이 아주 많았거든요. 꼭 미국 같았어요. 저는 버드와이저를 마시고 있었는데…….

동행은 없었어요?

에디의 친구들이 있었어요. 다들 미군이에요. 그 후에도 그들과 여러 번 만났어요.

가족은요? 가족을 만난 적이 있나요?

당신이 나를 들여보내줘야 만나죠, 라고 대답할 수는 없었다. 대신 에디의 누나가 얼마 전에 출산해서 에디가 조카 사진을 보내왔다고 답했다.

당신 가족은요?

유미는 미국에 있는 에디의 가족을 만난 적이 없어도 당당했지만 에디가 한국에 오래 거주했는데도 자신의 가족을 만나지 않았다고 대답하기는 꺼려졌다. 문화 차이를 설명해야겠다고 생각했지만 차마 입이 떨어지지 않았다. 한국에서는 결혼하기 전에 남자친구를 가족에게 소개하지 않는다고 하면 믿을까? 에디가 내 친구를 만났냐고 물으면 어떻게 하지? 그것 역시 문화 차이라고 할 수 있을까? 무슨 대답이라도 해야 했지만 대답이 어떻게 들릴지 뻔했다. 사실을 말하지 않으면 추방당할 수 있다는 문구가 적힌 종이를 바라봤다.

아, 저는 이미 미국 땅을 밟은 적이 있어요.

그녀는 에디의 초대로 용산 미군부대에 다녀온 경험을 이야기했다. 철조망이 쳐진 높은 담 아래를 걸어 초소에서 신분증을 보여주고 부대 출입을 허락받은 상황을 자세히 묘사하면서 자신이 이미 미국 입국심사에 한 번 통과했음을 직원이 알아주기를 바랐다.

한국 신분증이 아니라 여권을 제출해야 했어요. 거기는 미국이었으니까요.

덧붙여 미군 군복과 미국영화 DVD와 미국 가족 사진이 있는 작은 방 침대에 잠시 앉았던 것, 피자 상자와 콜라 페트병이 어지럽게 흐트러진 공동 거실을 지나 미국 국기가 높이 세워진 뒷마당에서 모닥불을 가운데 두고 앉은 여러 미군의 환영을 받았던 것을 말했다. 기타를 치는 에디의 허벅지에 자연스레 손을 얹었을 때, 그의 친구가 둘이 참 잘 어울린다며 사진을 찍었던 것도 언급했다.

휴대폰에 사진이 있을 거예요.

유미는 그날의 사진 속에서 두 사람이 얼마나 진실한 연인처럼 보이는지 새삼 놀랐다. 자, 여기 사랑이 넘치는 연인을 보세요, 소리치고 싶은 심정이었다.

직원은 아무 표정 없이 사진을 앞뒤로 넘기다가 다시 페이스북 메신저로 돌아갔다. 자기 계정을 확인하듯 유미와 에디가 나눈 메시지를 거침없이 읽어나갔다. 자그마치 1년간의 메시지였다. 때때로 에디는 유미의 가슴이 그립다고 했고, 유미는 에디를 생각하며 자위했다고 고백했다.

얼마나 진지한 관계예요?

직원은 메시지를 슥슥 넘기며 물었다.

'얼마나'가 무슨 뜻이죠?

결혼할 거예요?

생각해본 적이 없어요.

결혼 안 할 거예요?

언젠가 할 수도 있겠죠.

결혼하면 여기서 살 계획인가요?

그건 생각해본 적 없어요.

진지하다면서요.

유미는 덫에 걸린 것 같았고, 고문당하는 것 같았다. 탁자에 엎드려 울고 싶었다. 무엇을 어떻게 증명해야 이 고문을 끝낼 수 있는지 알 수 없었다.

우리는 진지하게 만나고 있지만 아직 20대예요. 결혼은 생각해본 적 없어요.

약속할 수 있나요?

뭘요?

결혼하지 않겠다는 거요.

온몸을 빠르게 돌면서 가슴이며 손이며 머리를 뜨겁게 하던 무언가가 단번에 빠져나가는 느낌이 들었다. 어지러웠다. 우스꽝스럽게 주저앉지 않도록 탁자를 두 손으로 잡아야 했다.

미국에 머무는 3개월 동안 결혼하지 않겠다고 약속하라는 말이에요. 서명하면 바로 나가게 해줄게요.

유미는 그제야 자신이 완전히 틀렸음을 알았다. 직원은 그들의 관계가 진지하기를 바라지 않았고 진전되는 것을 두려워했으며, 그들의 사랑이 너무 진실한 나머지 국가의 장벽을 뛰어넘겠다고 선언하는 것을 막고자 한 것이다.

*

그날, 그러니까 유미가 에디와 미군부대를 찾은 날, 에디는 녹사평역으로 유미를 마중 나왔다. 담을 따라 걸으면서 그는 판타지소설을 쓰고 싶다고 했다.

무슨 얘기를 쓰려고?

그건 아직 안 정했는데, 완전히 말도 안 되는 이야기면 좋겠어. 외계인이 핵전쟁을 일으키고 생존자들이 대양 한가운데서 쓰레기 섬을 발견하는데 그 섬에 인공지능 로봇이 있어. 로봇과 생존자들 사이에 또 전쟁이 벌어지지. 그런데 로봇과 생존자가 사랑에 빠지는 거야. 거기에 불시착한 외계인까지 더해져서 삼각관계가 되는데…….

말이 안 돼도 너무 안 되는 거 아냐?

이게 말이 안 될수록 흥미를 끌거든.

허무맹랑한 판타지소설의 결말이 나기 전에 둘은 군부대 앞에 도착했다. 유미는 멈춰 서서 에디에게 몸을 돌렸다.

내가 미국을 좋아한다고 선언하지 않으면 나를 쏠 거야?

그가 큰 소리로 웃었다.

나를 감금하고 평생 맥도널드 햄버거만 먹게 하는 건

아니지?

에디의 웃음소리에 기분이 조금 나아진 그녀는 빨간 립스틱을 꺼내 발랐다.

입구에서 회전하는 바를 밀고 들어서자 좁은 길 양옆으로 철망이 높이 세워져 있었다. 길 끝에 있는 검문소가 너무 멀게 느껴져서 유미는 이 길의 거리가 얼마나 되냐고 물었다.

100피트쯤?

그게 몇 미터쯤 되는지 알 수 없어서 검문소가 더더욱 멀게 느껴졌다. 검문소에서 여권을 내밀었다. 검문소를 지나 부대 안에 들어가니 서울 시내 한복판에 이렇게 커다란 부지가 숨어 있어 놀랐다. 미지의 도시를 발견한 탐험가처럼 나무와 바위, 가로등과 도로, 그 위를 지나다니는 택시를 꼼꼼히 살폈다.

둘은 한참을 걸어서 숙소에 도착했다. 길쭉하게 뻗은 단층 직사각형 시멘트 건물이었다.

너 죄수는 아니지?

유미는 다시 쓸데없는 농담을 했다. 이번에는 에디가 웃지 않았다. 양옆으로 작은 방이 늘어선 좁은 복도 끝에 아담한 부엌과 거실이 있었다. 거실 옆 그의 방에 들어서자 바닥에 널브러진 옷가지와 과자 봉지가 발에 걸렸다. 여자 친구를 초대한 긴장감이라고는 전혀 찾아볼 수 없었다.

쓰레기 섬은 네 방에서 영감을 얻은 거였어?

방에는 앉을 공간이 없었으므로 밖으로 나갔다. 거실 문을 열고 나가니 뒷마당이 있었다. 나무 울타리로 둘러싸인 그곳에서 에디의 친구들이 모닥불을 만들어놓고 기타를 쳤다. 그들은 캠핑 의자에 아무렇게나 앉아서 아무렇게나 기타를 치고 아무렇게나 노래를 들었다. 에디가 친구에게 기타를 받아 들었다. 유미는 그가 치는 기타 소리를 들으며 모닥불 건너편에 놓인, 성조기 천으로 만든 캠핑 의자를 보았다. 그 뒤쪽으로 울타리와 우거진 나무, 그리고 밤하늘이 아무렇게나 뒤섞여 있는 것을 보았다. 에디는 유미에게 기타를 가르쳐줬다. 그녀가 코드를 잡으면 이렇게 저렇게 줄을 튕겨서 곡을 만들어냈다. 그날 밤, 그곳에 있는 누구도 유미에게 어떤 질문도 하지 않았다. 유미는 에디의 어깨에 기대 눈을 감았다. 그래, 그녀는 혼자 고개를 끄덕거렸다.

*

직원은 유미의 서명을 받은 후, 에디에게 전화를 걸어 다짜고짜 유미 킴과 결혼할 거냐고 물었다. 통화는 금방 끝났다. 그녀는 에디의 대답에 만족한 얼굴로 바로 유미에게 다 끝났다고, 나가도 좋다고 말했다.

웰컴 투 아메리카.

직원이 갈색 피부 덕분인지 더 하얘 보이는 이를 드러내고 웃었다. 유미는 대답하지 않고 돌아섰다. 그녀가 인터뷰실을 나설 때까지도 아랍인 부부는 계속 그 자리에 서 있었다. 그들은 여전히 자신들이 진짜 부부라는 사실을 아주 자세히, 반복해서, 열심히 설명하고 있었다.

캠벨타운 임대주택

그날 다니엘 리가 방문한 집은 캠벨타운에 위치한 임대주택이었다. 캠벨타운 임대주택에는 주로 이민자가 살았는데 질이 안 좋기로 유명했다. 그들은 임대주택을 관리하기 위해 드나드는 모든 사람을 싫어해서 어떻게든 괴롭히려고 노력했다. 관리인이 문을 열 때 머리 위로 떨어지도록 문 위에 주사기를 올려놓거나 배관공이 손을 넣어야 하는 파이프 뒤에 주사기를 꽂아놓았다. 새총처럼 주사기를 고무줄에 걸어서 서랍에 넣어놓기도 했다. 이미 마약 투약에 사용한 주사기라 핏자국이 있거나 약이 소량 남은 것들이었다.

캠벨타운으로 향하면서 그는 평소에 쓰는 분진 마스크 대신 공업용 마스크를 챙겼다. 두꺼운 장갑도 잊지 않고 주머니에 꽂았다. 임대주택에 도착해서는 차에서 바로 내리지 않고 주변을 살폈다. 그때 여자를 보았다.

여자는 임대주택 울타리 바깥쪽에 서서 다니엘의 차를 보고 있었다. 다니엘은 차 시동을 끄지 않은 채 사이드미러로 가까이 다가오는 여자를 지켜봤다. 그녀는 몸집이 작았고 손에 아무것도 들고 있지 않았다. 가방도 메지 않았으며 청바지 주머니가 불룩하지도 않았다. 그는 고개를 돌려 주변에 다른 사람이 없는 것을 확인하고 차에서 내렸다.

저는 여기 살던 사람이에요. 두고 온 물건이 있어요. 집에 들어가게 해주세요.

여자의 영어는 한국어 억양이 강했다.

임대 기한이 끝난 후에 임차인은 어떤 이유로든 임대주택에 들어갈 수 없어요.

여자는 다니엘을 빤히 바라보았다.

혹시 한국인이에요?

다니엘은 차분한 어조로 아니라고 부정하면서도 이 상황이 매우 당황스러웠다. 그는 호주 국적자였고 스스로 한국인이라 여기지도 않았지만, 부모가 한국인이고 부모와 한국어로 대화하고 한국 음식을 매일 먹었기에 거짓말하는 기분이었다. 보통 상황이라면 자신의 배경을 설명하고 대화를 이어갔을 것이다. 그러나 지금은 보통 상황이 아니었다. 이곳은 임대주택, 그것도 악명 높은 캠벨타운의 임대주택이었다. 임차인 누구와도 얽히고 싶지 않았다. 상대가 한국인이라 해도 마찬가지였다. 아니, 정확히 말하면 임대주택에서 마주친 상대가 한국인이라 당황했다. 그러니까 왜 한국인이 캠벨타운 임대주택에 사냐는 말이다.

임대주택 프로젝트 매니저인 다니엘의 업무는 정부 지원 임대주택에서 살던 사람이 이사 나간 후에 시작되어 다음 임차인이 들어오기 전에 끝났다. 빈집을 찾아가 상태를 점검하고 보수가 필요한 부분의 견적을 내고 용역을 부르고 정해진 기한까지 보수 작업이 마무리된 것을 확인하는 일이었다. 전에 살던 사람이나 후에 살게 될 사람을 만나는 경우는 없었다. 그들의 개인 정보를 받은 적도 없었다. 그러나 끔찍하게 훼손된 빈집을 보면 임대주택에 사는 다수가 마약과 알코올에 중독되었거나 심각한 정신적 문제가 있음을 알 수 있었다. 다니엘은 중독과 정신착란에 시달리는 무직자, 출소자, 노인, 장애인, 이민자들이 임대주택에 산다고 짐작했다. 정부의 도움 없이 혼자서는 살아갈 수 없는, 그런 사람들이었다.

한국인 이민자는 그 범주에 포함되지 않았다. 그들은

성실하고 책임감이 강했으며 평판에 예민했다. 그의 한국인 부모가 그러했고, 부모가 속한 한인 교회 사람들이 그러했고, 그들의 자녀가 그러했다. 다니엘 역시 좁은 교민 사회에서 부모를 부끄럽게 하지 말라는 말을 들으며 자랐다. 부모의 기대에 부응해 공부든 일이든 열심히 했으며 우수한 성적을 내고 좋은 평가를 받았다.

다니엘은 임대주택 프로젝트 매니저로 일하면서 한국인 이민자와는 아주 다른 이민자 사회가 있다는 걸 알았다. 부모와도 여러 차례 그에 대해 이야기하곤 했다. 이민자의 평판을 떨어뜨려 한국인의 이민을 힘들게 하는 주적 같은 존재들에 대해. 사회의 기생충이나 다름없는 이민자들에 대해. 한국인 이민자와는 절대 같은 선상에 둘 수 없는 그들에 대해.

이사하고 나서야 두고 온 물건이 있는 걸 알았어요.

여자에게서 중독과 정신착란을 읽어낼 수는 없었다. 그녀가 입은 셔츠와 청바지는 오래되어 보였지만 더럽지 않았다. 중독자 특유의 냄새도 나지 않았다. 무엇보다 눈의 초점이 뚜렷했으며 분명한 어조로 말했다.

정말 중요한 물건이에요. 저를 들여보내줄 수 없다면

확인만 해주세요.

여자의 말에 따르면 작은방 벽에 석고 가루로 막아놓은 구멍이 있다. 벽의 페인트 색이 바래서 쉽게 눈에 띈다. 구멍 안에 파란색 비닐봉지가 있다. 바지 주머니에 들어갈 만큼 작은 물건이다. 그녀의 물건이 아닌 가족의 물건이라 꼭 되찾아야 했다.

부탁드려요. 꼭 필요한 물건이에요.

다니엘은 알겠다며 울타리 안으로 들어섰다. 한 손으로 키 박스의 번호판을 가리고 다른 손으로 비밀번호를 눌러 열쇠를 꺼냈다. 슬쩍 돌아보니 여자는 계속 울타리 밖에 서서 집을 바라보고 있었다.

현관문을 열자마자 썩은 음식 냄새가 코를 찔렀다. 잊고 있던 마스크를 꺼내 썼다. 집은 엉망이었다. 여느 임대주택과 다를 바가 없었다. 문이 부서져 있고, 벽에 온통 낙서가 되어 있고, 오물로 얼룩지고 망가진 가구들이 쌓여 있고, 쓰레기를 밟지 않고는 둘러볼 수 없는 집. 매일같이 이런 집을 봐오면서 그는 그 집에 살았던 사람을 궁금해하고는 했다.

저렇게 멀쩡한 얼굴을 하고 있었다니.

거실 소파는 칼집을 낸 것처럼 찢겨 있었고, 소파 앞에 놓인 테이블 유리도 깨져 있었다. 다니엘은 태블릿으로 소파와 테이블 사진을 찍어 '대형폐기물 처리 트럭 필요'라고 썼다. 부엌을 제외한 바닥 전체에 회색 카펫이 깔려 있었는데 군데군데 유리 조각이 밟혔다. 그는 유리 조각을 클로즈업해서 사진을 찍고 '청소 용역: 주의 요망'이라고 썼다. 큰방 문은 아래쪽에 움푹 들어간 자국이 있었다. 발을 자국 옆에 대고 사진을 찍었다. 자국 크기가 그의 신발 사이즈와 똑같았다. 사진에는 '최대한 교체하지 않는 방향으로'라고 썼다. 작은방 벽의 산발적인 낙서에서 더러 한국어가 눈에 띄었다. 한국어가 보이지 않도록 사진을 찍었다. 사진에 '페인트 패치 작업 필요'라고 쓰고 보니 아래쪽에 한국어 욕설이 희미하게 보였다.

부엌에 들어가 장갑을 끼고 오븐을 열어보았다. 한 번도 사용하지 않았는지 안이 깨끗했다. 반면 가스레인지 화구는 온갖 음식물이 눌어붙어 있었다. 한국인의 주방이라 할 만했다. 싱크대는 더께가 쌓이다 못해 검게 변했다.

다니엘은 온 벽에 오줌 자국이 난 집도 가봤고, 사방에 널린 주사기에 찔릴 뻔한 적도 있었다. 분명 유쾌하진 않았지만 화낼 일은 아니었다. 그저 업무일 뿐이었다. 빠르게 사진을 찍고 나가면 그만이었다. 그런데 지금은 웬일인지 화가 치밀어 올랐다.

거칠게 찬장 문을 열었을 때 자기도 모르게 욕설이 튀어나왔다. 본래 고기였을 것 같은 무언가가 하얗게 곰팡이 핀 채로 접시에 올려져 있었다. 아래 칸에는 된장이 엎어져 말라붙은 대변처럼 보였다. '찬장 전체 교체'라고 쓰고 싱크대 아래를 열어보니 배수관이 두 동강 나 있었다. 여기에서 악취가 올라오는 거였다. 구역질을 겨우 참으며 사진을 찍었다. 도망치듯 부엌에서 나와 '한국인 배관공 연락'이라고 썼다가 지우고 '배관공 추가 금액 제시'라고 썼다.

감사할 줄 몰라.

다니엘의 회사 동료 제인은 그렇게 말하곤 했다. 그녀는 임차인이 사는 도중 필요한 보수 관리를 담당했다. 임대주택을 방문해 임차인과 이야기를 나누는 것이 그녀의 일이었는데 자주 욕설을 들었으며 칼로 위협받기도 했다.

도와주러 왔다고 해도 막무가내야. 그러니까 그렇게 살지.

찾았어요?

집에서 나와 마스크를 벗는 다니엘에게 여자가 외쳤다.

없어요.

다니엘은 집에 들어서자마자 구멍을 잊어버려 찾아보지도 않았다.

잘 찾아본 거 맞아요? 큰방이 아니라 작은방이에요.

그는 여전히 화나 있었다. 여자에게 대답하지 않고 키박스에 열쇠를 넣은 후 차에 올라 그대로 집을 떠났다. 그곳에 당신이 찾을 만한 물건은 없다고, 쓰레기뿐이라고 중얼거렸다. 어차피 여자와 다시 만날 일은 없을 테고, 더 이상 말을 섞어봐야 좋을 것이 없다고 생각했다. 그러고 얼마 지나지 않아 자신이 틀렸음을 깨달았다.

임대주택에서 나와 처음 맞은 사거리에서 백미러로 여자의 얼굴을 보았을 때 하마터면 소리를 지를 뻔했다. 여자는 여기저기 찌그러진 빨간 차를 타고 그의 차에 바짝 따라붙었다.

다니엘은 다음 골목에서 차를 돌려 한적한 곳에 세웠다.

거짓말이잖아요.

여자는 차에서 내리자마자 소리쳤다.

찾아보지도 않은 거예요. 없을 리 없는데.

당신이야말로 거짓말하는지 내가 어떻게 압니까? 당신이 누군지, 거기 산 게 맞는지 어떻게 아냐고요. 그 집을 노리는 도둑이 아니란 걸 어떻게 알겠어요?

알고 싶지 않잖아요. 내가 무슨 물건을 찾는지, 그걸 왜 찾는지 묻지 않을 거잖아요.

네, 묻지 않을 거예요. 이런 식으로 대화하기도 싫습니다. 가겠습니다.

그녀는 차에 타려는 다니엘을 막아섰다. 여자를 밀칠 수는 없었다. 그는 화를 가라앉히려고 숨을 크게 내쉬었다.

내 일은 임대주택의 보수를 관리하는 거예요. 그 외의 일은 할 수도 없고 해서도 안 됩니다. 임대주택 내의 물건을 함부로 건드리지도 않고 가지고 나올 수도 없어요. 당신 담당관을 통해 정식으로 요청하세요.

지금 번호가 없어요. 당신한테 번호가 있을 거 아니에요. 그 번호로 전화해서 나를 바꿔주면…….

그럼 내가 당신의 신분을 보장하는 게 돼요. 그럴 수 없습니다.

헛소리하지 마세요.

여자가 쉿소리를 냈다.

당신은 나를 못 믿겠다고 말하지만 이건 믿음의 문제가 아니에요.

다니엘의 인내심이 한계에 다다랐다. 고개를 내저으며

휴대폰을 꺼냈다.

무슨 문제든지 상관하지 않아요. 당신은 내게 불법적인 일을 요구하고 있고, 이렇게 차를 따라오기까지 한다면 경찰을 부를 수밖에 없습니다.

이건 존중의 문제예요.

그는 기가 찼다. 존중이라니. 공짜로 주어진 집을 그따위로 만들어놓고 존중이라니.

그럼 경찰을 부를까요? 일이 커지면 당신에게 좋지 않을 텐데요.

여자는 그를 노려보면서도 천천히 옆으로 물러섰다. 다니엘은 다시 따라오면 정말 경찰을 부를 거라고 말하며 차에 올랐다.

여자가 따라오지 않는 것을 확인하고 차를 틀어 길가에 세웠다. 그 집에 관한 파일을 열어 임대 계약 책임자의 번호를 찾았다. 책임자는 그의 이야기를 듣더니 담당 사회복지사를 연결해주었다.

밝은 목소리의 사회복지사는 임차인의 신원 정보를 줄 수 없다고 딱 잘라 말했다. 다니엘은 사정을 설명하고 그 사람이 그 집에 거주했는지만 확인해달라고 부탁했다.

젊은 한국인 여자던데, 맞아요?

젊다고 할 수 있는 나이죠. 그리고 호주 국적을 가지고 있어요.

심한 억양을 보면 호주 출생이 아닌 것 같은데요.

정당한 절차를 거쳐 시민권을 취득했어요.

가족의 물건을 찾고 있다고 주장하는데 가족과 같이 거주했나요?

네.

혹시 가족 중 누군가가 마약이나 조직과 관련이 있나요?

범죄 기록을 조회할 수는 없어요.

범죄 기록은 필요 없어요. 다만 여자가 찾는 물건이 그와 연관된다면 문제가 될 수 있으니까 묻는 거예요. 협조 부탁드립니다.

상황이 그러니 이렇게만 말씀드리죠. 분류 코드에 NSI가 붙어 있어요.

그게 무슨 말이죠?

No Social Issue요. 문제를 일으킬 소지가 없다는 뜻이죠.

그러면 왜 정부 지원을 받나요?

자꾸 왜 개인 정보를 물으세요? 그런 건 알려드릴 수 없다니까요.

사회복지사의 목소리가 높아졌다. 덩달아 다니엘도 목소리를 높였다.

그 사람은 NSI가 아니에요. 집에는 오물이 가득하고, 가구들은 죄다 부서져 있고, 바닥에는 유리가 깨져 있었어요. 집 앞에서 기다리다가 다짜고짜 내 차를 따라오기까지 했고요. 앞으로 집을 보수하는 동안 다시 나타날 수도 있는데, 그 사람이 도대체 왜 이러는지 우리도 알아야 하잖아요.

얼마간 침묵이 흐르고 사회복지사가 천천히 대답했다.

불행을 겪고 한시적으로 정부의 도움을 받았을 뿐이에요. 진짜, 더 이상의 정보는 드릴 수 없어요. 이 정도면 신원 확인은 충분한 것 같고 그분이 또 찾아오면 우리 쪽으로 연결해주세요.

다니엘은 전화를 끊고 핸들에 손을 얹은 채 눈을 감았다.

불행. 사고를 당했을까. 임대주택을 받을 정도의 사고라면 가족 중 한 명이 죽었거나 영구적인 장애를 얻었을 가능성이 크다. 사고보다 사건에 가까울 수도 있겠지. 폭행이나 강간, 살인에 노출되었을 수도 있다.

여자의 얼굴이 떠올랐다. 거칠어 보이는 긴 생머리. 다니엘을 노려보던 까맣고 작은 눈. 앙다물어서 근육이 드러난 턱.

그는 의식적으로 여자에 대해 생각하기를 멈추고 시동을 걸었다. 자신으로서는 알 수도 없고, 알 필요도 없는 사정이었다. 기한 내에 보수 업무만 마무리하면 되었다. 여자가 방해되지 않기를 바랄 뿐이었다.

사무실에 돌아와 평소처럼 거래처에 전화를 돌렸다. 대형폐기물 처리 트럭이 급했다. 다음 날 아침 일찍 4톤 트럭을 보내달라고 요청하며 통화를 마친 후에 견적서를 전송했다. 이어 청소 용역 거래처에 연락해야 했는데 선뜻 전화번호를 누를 수 없었다.

다니엘의 회사와 거래하는 청소 용역은 세 곳이었다. 그중 다니엘이 우선적으로 연락하는 곳은 부모의 회사였다. 불법으로 일을 맡긴 건 아니었다. 지금의 회사에서 일을 시작하면서 청소 용역 거래처가 종종 마감 날짜를 지키지 않는다는 말을 듣고 부모의 회사를 추천한 거였다. 그의 부모는 20년 넘게 청소 회사를 운영하며 날짜를 어긴 적이 없는 데다 남들이 꺼리는 일도 마다하지 않아 업계 평판이 좋았다.

그들은 아들의 회사에서 들어오는 일은 직원에게 시키지 않고 직접 했다. 이번 일도 분명 잡음이 나오지 않도록 완벽하게 해낼 것이다. 그러나 한국 여자가 다시 찾아올까 봐 걱정되었다. 한국인에 관련된 일이라면 물불 가리지 않고 나서는 부모가 여자를 어떻게든 도우려다 문제가 생길 것 같았다. 그렇다고 다른 업체에 일을 맡기는 것도 내키지 않았다. 부모의 회사는 근래 사정이 좋지 않았다. 그들만이 아니라 한국인 청소 업체 대부분이 부진을 겪고 있었다. 인도인이 청소 업계에 뛰어들어 한국인 업체의 절반에 가까운 가격으로 고객을 빼앗아 갔다. 이제는 베트남인까지 가세해 상황은 점점 더 나빠졌다. 한국인의 성실함으로 청소 업계를 평정하던 시절은 다 지나갔다. 이민자는 넘쳐났고, 언어가 안 되는 이들에게 청소만큼 시작하기 쉬운 일도 없었다.

다니엘은 결국 부모의 회사에 견적서를 보냈다. 사진을 첨부하면서 잠시 벽의 낙서를 바라보았다. 그가 단 한 번도 해본 적 없는 욕설이다. 여자가 남겼을까. 화면을 꺼버리고 자리에서 일어났다. 여자의 사정에 관심을 기울여야 할 이유는 없다. 그녀는 이미 다른 임대주택으로 이사했을 것이다. 새로 페인트칠한 벽에 낙서해놓고 구멍을 뚫어 마약이

나 푼돈이 든 비닐봉지를 숨겼을 것이다. 머지않아 봉지를 까맣게 잊어버린 채 또 다른 임대주택으로 이사할 것이다. 임대주택 사람들은 모두 그렇게 살았다.

*

다니엘의 집은 교외에 있었다. 저택에 가까운 집들이 늘어선 부촌이었다. 그가 대학을 졸업하기 전 직장에 들어가면서 독립하려고 하자 부모는 함께 더 큰 집으로 이사하자고 제안했다. 무리하게 대출을 받아서 이사한 집은 셋이 살기에는 지나치게 큰 편이었는데도 양옆의 집에 비하면 작고 초라해 보였다. 가꾸지 않은 정원도 한몫했다. 다니엘은 웃자란 잔디 사이로 거칠게 박힌 포석을 밟고 집으로 들어섰다.

현관에서부터 된장 냄새가 풍겼다. 그는 된장을 좋아하지 않았지만 어머니는 더더욱 아들에게 된장을 먹이려고 했다. 아버지는 거실에서 골프를 연습하고 있었다. 골프공이 향하는 벽에 감사패와 표창장이 전시되어 있었다. 현관에 들어선다면 누구라도 가장 먼저 보게 되는 물건이었다.

다니엘은 올해의 한국인 표창장 쪽으로 공을 굴리는 아

버지에게 대충 인사하고 주방으로 들어갔다.

가스레인지에서 된장찌개가 끓고 있었다. 뚝배기에서 국물이 넘쳐 화구 주변에 고였다. 어머니는 양파 껍질을 벗겨 음식물 쓰레기통에 집어넣었다. 호주에서는 음식물 쓰레기를 분리해서 버리지 않는 걸 어머니가 모를 리 없는데도 음식물 쓰레기는 항상 그 통에 먼저 담겼다. 다니엘은 곧 식탁에 올라갈 요리 옆에 나란히 놓인 쓰레기통을 싱크대 아래로 숨겼다. 그리고 바닥에 떨어진 종이를 집어 들었다. NO BOATS. 부모가 지난 주말에 다녀온 집회에서 받은 팸플릿인 듯했다.

그게 왜 거기 떨어져 있지?

어머니가 칼질을 계속하면서 말했다.

집회는 어땠어? 이민자 집회였다고 했지?

정확히는 현재 여당인 보수정당의 반난민 정책을 지지하는 이민자 집회였다. 부모가 출석하는 한인 교회 목사가 그 정당의 열혈 지지자인 바람에 교인들이 대거 동원되었다고 들었다. 목사는 난민에 반대하는 이민자의 목소리가 꼭 필요하다는 정당의 요구를 전달했고, 다니엘의 부모는 그에 동의했다. 그것이 이민자의 권리를 찾는 길이라고 했다.

집회가 뭐 별거 있니. 거리에 나와서 사진들 찍고 그러는 거지. 너네 아빠가 계속 앞에 있어서 사진 많이 찍혔어.

어머니는 밥을 떠서 식탁에 가 앉으라고 덧붙였다. 다니엘은 팸플릿을 음식물 쓰레기통에 던져 넣었다.

견적서는 받았어.

어머니의 말에 그는 여자의 부엌을 떠올렸다. 어머니도 그 사진을 보고 화났을까? 형태를 알 수 없게 썩은 것이 한국 음식이라는 걸 알아챘을까?

전에 살던 사람이 찾아올 수 있는데 집 안에 들이면 안 돼요.

뭐 그런 걱정을 다 하니.

어머니는 아무렇지 않게 답하고는 저녁이 다 됐다고 아버지를 불렀다.

*

다음 날 출근길에 대형폐기물 처리 트럭 기사한테 전화가 왔다.

젊은 여자가 한 명 와 있어요. 프로젝트 매니저가 들어갈 수 있다고 했다는데 들여보내요?

다니엘은 자기도 모르게 욕설을 내뱉었다.

아뇨, 그냥 미친 여자예요.

전화를 끊고 얼마 되지 않아 다시 휴대폰이 울렸다. 사회복지사였다. 여자의 연락을 받았다고 했다.

당신과 통화하고 싶어 해요. 전화번호를 남겼는데…….

아뇨, 저는 통화하지 않을 겁니다.

개인적으로 하고 싶은 말이 있다고 하더라고요.

그는 거칠게 차선을 바꾸고 코너를 돌아 차를 세웠다.

임대계약이 끝난 임차인이 임대주택 프로젝트 매니저한테 개인적으로 할 말이 뭐가 있습니까? 왜 그런 연락을 중간에서 끊지 않죠?

평소답지 않게 격양된 목소리가 나왔다.

저도 그래서 물어보잖아요. 지난번에 당신이 직접 전화해서 여자에 대해 묻기도 했고요.

그래요, 그때 제가 뭐랬어요? NSI가 아니라고 했잖아요. 다시는 임대주택에 오지 말라고 강하게 말해주세요. 다시 오면 저도 참지 않겠다고요.

알겠어요, 알겠다고요. 당신이 통화하지 않겠다고 할 경우 메시지를 전달해달라고 했는데…….

사회복지사는 다니엘의 반응을 기다리는지 잠시 말을

끊었다가 그가 아무 말도 하지 않자 여자가 남긴 말을 그대로 읽겠다고 했다.

솔직히 말하겠습니다. 집에서 갑자기 도망치느라 몸만 나오게 됐습니다. 그 집에 부모가 살 때는 돌아갈 수 없어서 이사한 후에야 찾아가게 되었습니다. 저에게 정말 중요한 물건입니다. 찾아서 사회복지사에게 전달해주세요. 부탁드립니다.

사회복지사가 이게 끝이라고 말한 후에 잠시 침묵이 흘렀다. 다니엘은 흥분을 가라앉히고 경우의 수를 따져보았다. 여자가 임대주택에 살았던 것은 확인했다. 물건을 놓고 온 것도 분명해 보인다. 그러나 그게 뭔지 여전히 밝히지 않는다. 반지나 사진처럼 정상적인 물건이 아닐 가능성이 높다. 만에 하나 마약 혹은 불법적인 물건일 경우 자신이 운반책이 되니 여자에게 전달하기 전 봉지를 열어 물건을 확인해야 한다. 그게 정말 불법적인 물건이라면? 신고해야 하는 책임이 따른다. 혹여 평범해 보이는 물건이라 해도 범죄와 무관하다고 확신할 수는 없다. 이때도 자신에게 책임이 부과된다. 담당 사회복지사까지 이 일을 알게 된 이상 책임을 피할 방법은 없다. 그는 결론을 내렸다. 어떤 식으로든 더 이상 얽혀서는 안 된다.

전에 찾아봤는데 없었어요. 그 사람에게도 이미 그렇게 말했고, 저는 더 할 말이 없습니다. 임대주택 계약이 끝난 임차인의 요구를 들어주는 건 제 일이 아니에요. 이 일로 더 연락받지 않기를 바랍니다.

전화를 끊고 집으로 차를 돌렸다. 그의 부모가 오후에 임대주택을 청소하기로 되어 있었다.

그의 아버지는 집 앞 드라이브웨이에 밴을 꺼내놓고 청소 도구를 싣고 있었다.

오늘 임대주택 청소, 두 분이 직접 가실 필요 없어요. 다른 직원 보내세요.

아버지는 밀대를 들고 아들을 물끄러미 바라보았다. 그의 까맣고 단단한 눈에 오래된 피로가 깃들어 있었다.

한국 여자가 찾아올 거예요. 전에 살았던 사람인데 뭘 두고 갔다나 봐요. 소동이 있을 수도 있으니까 직원을 보내세요.

한국 사람이 왜 임대주택에 산다니?

임대주택은 이민자들이 많다고 말씀드렸잖아요.

다니엘은 최대한 아무렇지 않게 말하려 했지만 자꾸만 말이 빨라졌다.

캠벨타운 임대주택 사람들 아시죠? 괜히 엮여봐야 좋을 것 없어요.

너무 그러지 마라. 불쌍한 사람들이야. 어딘가 크게 문제가 있지 않고는 그럴 수가 없지.

그러니까 문제 있는 사람들하고 굳이 마주칠 필요 없잖아요.

아버지는 그의 어깨를 툭툭 치고 밀대를 밴에 실었다. 밴의 열린 문틈 사이로 아버지가 한국에서 사 온 분홍색 고무장갑이 보였다.

그건 그렇고…….

아버지가 주머니에서 종이 한 장을 꺼냈다.

이걸 영어로 번역 좀 해놔라.

종이 맨 위에는 'NO BOATS'라고 쓰여 있었다. 아래쪽 빈 공간에 아버지의 필체로 쓴 한국어 몇 문장이 눈에 띄었다.

고객들이 한국에 전쟁 나는 거 아니냐고 자꾸 물어. 할 말이 산더미인데 말을 못해서 답답해 죽겠다. 왜 그렇게 묻는지 속이 빤히 보이니까 아주 제대로 답해줘야지.

다니엘은 드라이브웨이에 서서 아버지의 글을 읽었다. 모든 문장이 '한국인은'으로 시작했다. 한국인은 다른 민족과 다르다. 한국인은 스스로를 지켜왔다. 몇 번을 읽어도 도

무지 무슨 말인지 알 수 없었다. 그는 마지막 문장을 소리 내어 읽었다.

한국인은 전쟁이 나도 난민 신청을 하지 않을 것이다.

앞뒤가 맞지 않는 문장이었다. 아버지에게 이게 무슨 말이냐고 물었다.

한국인은 강하거든.

아버지는 각진 턱을 앙다물고 청소 도구를 챙겼다.

부모가 캠벨타운 임대주택을 청소하는 동안 다니엘은 다른 임대주택을 점검했다. 먼지 하나 없는 깨끗한 집이었다. 이런 집이 가끔 있다. 주택처럼 무료로 제공되었을 가전, 가구가 포장째 남아 있으면 가져다 부모에게 건네곤 했다. 포장을 뜯지도 않은 걸 버리고 가는 게 말이 되니? 이것도 정신병이야. 어머니는 고개를 절레절레 저으며 한국인 중고 매매 사이트에 올릴 사진을 찍었다. 오늘도 새것 같은 텔레비전이 남아 있었으나 건드리지 않았다.

임대주택에서 나오며 어머니와 아버지에게 차례로 전화를 걸었다. 둘 다 받지 않았다. 그는 캠벨타운으로 차를 몰았다.

임대주택 앞은 난장판이었다. 청소 도구가 사방에 흩어져 있었다. 어머니가 한쪽 구석에서 휴대폰을 붙잡고 비명을 질렀다. 잔디밭에 나자빠진 아버지 위에 여자가 올라타 있었다.

당신 같은 사람들 때문에!

여자는 아버지의 멱살을 잡아 흔들며 외쳤다. 다니엘이 달려가 그녀를 집어 던지고 아버지를 살폈다. 아버지는 토하듯 기침하면서 몸을 옆으로 굴려 웅크렸다. 여자에게 달려들어 피범벅이 되도록 때리고 싶었으나 참아야 했다. 그는 이 상황 전체를 책임지는 프로젝트 매니저였다. 아버지를 공격했다고 해서 여자에게 상해를 입힐 수는 없었다.

저 여자가 갑자기 달려들어서 이 사달이 난 거야.

어머니가 다니엘의 팔을 붙잡고 떨리는 목소리로 말했다.

무슨 비닐봉지를 찾아달라며 사정했거든. 네 아버지가 한국인끼리 불쌍하다고 청소용 비닐봉지에 50달러를 넣어서 줬는데 냅다 달려들지 뭐니.

한국인끼리 불쌍하다고?

여자가 벌떡 일어나 다시 달려들자 다니엘이 여자를 거칠게 밀쳤다. 그녀가 바닥에 내팽개쳐졌다.

지금 경찰을 부를 거예요. 꼼짝 말고 있어요.

그가 영어로 말하면서 휴대폰을 꺼내자 여자가 상체를 일으키며 코웃음을 쳤다.

한국인 아니라면서. 한국인 아닌 사람은 좀 빠지지.

그는 얼굴이 붉게 달아올랐다. 참을 수 없는 분노가 차올랐다. 부들부들 떨리는 팔을 어머니가 꽉 움켜쥐었다.

이제 와서 한국인이라고 하려고?

여자는 계속 한국어로 이죽거리며 자리에서 일어나 엉덩이를 툭툭 털었다.

그래, 한국인끼리 참 불쌍하네.

그녀는 다니엘과 그의 팔을 붙잡고 선 어머니, 아직도 잔디밭에 웅크리고 누워 있는 아버지를 차례차례 둘러보고는 자리를 떴다.

참아. 꼼짝 말고 있어.

어머니가 속삭였다.

다니엘은 아버지를 차에 태웠다. 다행히 별다른 상처는 눈에 띄지 않았지만 아버지는 병원에 가자고 했다. 같이 가겠냐는 다니엘의 물음에 어머니는 힘없이 손을 내저으며 청소 도구를 정리했다.

근처 병원의 의사가 몇 가지 질문을 하더니 괜찮아 보인다고 했지만 아버지는 입원하겠다고 우겼다. 둘은 큰 병원으로 옮겨 갔다. 각종 검사를 위해 응급실에서 대기하는 동안 아버지는 여기저기 전화를 걸어 같은 이야기를 반복했다. 불의의 사고를 당했고, 병원에 와 있으며, 얼마간 입원할 거고, 변호사를 선임해 고소할 거라는 말이었다.

네 회사와 연관이 있는 거 알지만 그 애를 고소하지 않으면 안 돼.

아버지가 통화를 마치고 그에게 말했다.

한국인들이 임대주택에서 치고받았다는 소문이라도 나면 어쩌겠니. 이건 정신적인 문제가 있는 임대주택 이민자에게 아무 죄 없는 청소 용역이 공격받은 사건이다. 내 말 알겠니. 어떻게든 상황을 바로잡아야 돼.

머리를 매만지는 아버지의 손에는 검버섯이 피었고 살갗에 힘줄이 도드라졌다.

아버지의 이름이 불리기만을 기다리던 다니엘은 로비에서 시끄러운 소리가 들려와 고개를 들었다. 커다란 꽃다발을 든 사람이 병원에 들어오려 했다. 부모가 다니는 한인 교회 목사로 다니엘도 아는 얼굴이었다. 보안 요원이 병원에 알레르기 환자가 많아 꽃은 반입이 안 된다고 막아서는데도 목사는 응급실에만 들어가면 된다며 고집을 부렸다. 상황을 뒤늦게 알아챈 아버지가 벌떡 일어나 다니엘에게 나가보라고 했다. 결국 꽃은 그의 손에 쥐어졌고, 목사는 응급실로 들어가 아버지와 이야기를 나눴다.

다니엘은 병원 건물 밖으로 나가 코너를 두 번 돌았다. 건물 뒤편에 다다라 쓰레기통에 꽃다발을 집어 던졌다. 쓰레기통 옆에 서서 담배를 피우는데 뒤쪽에서 목소리가 들렸다.

한국인들이 꽃을 어쩐다는 거야? 축하한다고?

나도 못 알아들었어.

호주 온 지 얼마 안 됐나 보지?

아닐걸? 어떤 환자는 여기서 20년을 살았는데도 어디가 아픈지도 말 못 하던데. 그냥 평생 그렇게 사는 거야.

*

캠벨타운 임대주택에 들어서자 다니엘의 부모가 즐겨 쓰는 레몬 향 세제 냄새가 났다. 다니엘은 현관에 서서 아버지가 청소한 카펫과 어머니가 닦은 창문을 보았다. 카펫은 깨끗했고 창문은 반짝거렸다. 그는 잠시 망설이다 빠른 걸음으로 작은방에 들어갔다. 휴대폰 손전등을 켜고 아직 낙서가 가득한 벽을 살폈다. 창틀 아래 동전만 한 구멍이 석고 가루로 채워져 있었다. 가루를 파헤치고 비닐봉지를 꺼냈다. 심장이 빠르게 뛰었다. 봉지는 단단히 봉해져 있었다. 매듭이 쉽게 풀리지 않았다. 그때 집 앞 센서 등이 켜졌다. 어두운 집 안으로 빛이 쏟아져 들어왔다. 황급히 문 뒤에 웅크려 앉았다. 고양이나 새가 지나갔는지 곧 센서 등이 꺼지고 한참 동안 아무런 인기척이 느껴지지 않았는데도 일어날 수가 없었다. 봉지를 꽉 움켜쥐었다. 봉지 안에는 딱딱한 것이 들어 있었다. 알약도 가루도 아니었고, 지폐도 동전도 아니었다. 봉지를 열었다. 작고 까만 조약돌 세 개. 그게 다였다. 그는 조약돌을 쥐고 눈을 감았다.

골 드 러 시

진우와 서인은 끝없이 펼쳐진 붉은 흙 위를 달리고 있었다. 옆으로 에뮤 떼가 지나가기도 하고 개를 닮은 딩고가 가만히 앉아서 둘의 차를 바라보기도 했다. 캥거루도 심심찮게 보였는데 그때마다 진우는 긴장했다. 캥거루가 길에 뛰어들어 차에 부딪히면 차가 반파된다고 들었다. 그래서 서인이 캥거루가 바로 길옆에 있다고 외쳤을 때 그는 곧장 브레이크를 밟으면서 차를 반대편으로 틀었다.

도로에서 아주 가까운 곳에 캥거루가 우두커니 앉아 있었다. 서인이 먼저 차에서 내리고 진우가 따라 내렸다. 그녀는 성큼성큼 도로를 건너 캥거루에게 다가갔다. 그들이 가까이 오자 캥거루는 도망치려는 듯 버둥거렸으나 제대로 움직이지 못했다. 그제야 캥거루 다리와 주변 흙이 피로 물들어 검게 변한 것이 보였다. 캥거루는 그들을 올려다보며 머리를 힘없이 흔들었다.

병원에 데려가야 하는 거 아니야?

서인이 물었다.

무슨 수로?

그럼 신고라도 하자.

다친 캥거루를 구조하러 이 사막에 와달라고? 치료비는 네가 낼 거야?

그렇다고 그냥 둬?

캥거루는 이제 버둥거리지 않았다. 그들이 떠나면 딩고와 까마귀에게 산 채로 뜯어 먹힐 것이었다. 그는 하늘을 올려다보았다. 이글거리는 해 옆으로 검은 새 한 마리가 빙글빙글 돌았다.

예약 시간에 맞추려면 빨리 가야 해. 그만 가자.

그냥 두고 가자고?

그럼 네가 남아서 뭐라도 해보든가.

진우는 먼저 차로 돌아갔다. 서인은 그 자리에 서 있었다. 그는 운전석에 올라 앞에 펼쳐진 길을 바라보았다. 길 끝에 물웅덩이가 있었다. 신기루였다. 눈을 감고 시트에 머리를 기댔다. 집으로 돌아가고 싶었다.

골드러시 체험 상품이라고 했다.

지하 광산을 개조해 만든 숙소에서의 1박과 금광 체험, 오프로드를 달릴 수 있는 사륜구동 렌터카가 포함된 상품인데 여행사 프로모션으로 반값 할인을 한다는 거였다. 서인은 진우에게 묻지도 않고 여행을 예약한 후에 일정을 통보했다. 매장에 이야기해서 휴가를 내라고 했다. 그는 요즘 식당이 바빠서 휴가를 낼 수 없다고 잘라 말했다.

다른 사람이랑 가.

내가 친구가 어딨어.

서인과 나누는 대화는 늘 이런 식이었다. 그녀는 자기 상황을 자학적으로 깔아뭉갰는데, 진우의 책임을 추궁하는 것처럼 들렸다.

그럼 혼자 다녀오든가.

렌터카를 빌려준다니까.

서인은 운전을 하지 못했다. 그러니까 이 대화는 서인이 혼자 장을 보러 가지도 못하고 어디로 외출하고 싶어도 진우의 도움을 받아야 하는 처지지만 진우는 늘 바쁘다는 힐난으로 향하고 있는 게 분명했다.

그럼 취소해.

프로모션 상품이라 취소 못 해.

내가 위약금 낼게.

그녀는 말없이 진우를 쏘아보았다. 쌍꺼풀이 짙고 커다란 그 눈에 진우가 수없이 입을 맞추던 때가 있었다. 작고 낮은 코와 얇은 입술도 못 견디게 사랑했었다. 그러나 이제는 그 모든 것들이 서인의 유약하고 의존적인 성격을 드러내는 것만 같았다.

결혼 7주년이야.

둘은 첫 번째 결혼기념일 이후로 한 번도 기념일을 챙긴 적이 없었다. 그런데 이제 와 결혼기념일이라니. 진우는 곱씹으면 곱씹을수록 화가 났지만 서인이 처음 그 말을 꺼냈을 때는 7년이라는 시간에 압도되어 다른 말을 하지 못했다. 그녀와 7년을 부부로 지냈다니 믿을 수 없었다. 언제 시간이 그렇게 흘렀던가.

그들은 7년 전에 한국에서 혼인신고를 했고, 그로부터 3개월 전에 퍼스의 셰어하우스에서 처음 만났다.

퍼스는 호주 서쪽의 도시로 시드니나 멜버른에 비해 인구가 적어서 일자리를 찾기가 더 쉬웠다. 진우가 일하는 일식당은 퍼스 시내에 있었는데 식당에서 가까운 아파트를 렌트해 직원 셰어하우스로 사용했다. 방 세 개짜리 아파트에서 직원 열 명이 살았다. 진우와 서인은 거실을 나눠 썼다.

거실 한가운데 커튼을 치고 서인은 소파에서, 진우는 바닥에 얇은 폼 매트리스를 깔아놓고 잤다. 주방에서 일하는 그의 출근 시간이 홀에서 일하는 서인보다 일러 진우의 알람이 먼저 울렸다. 그가 아무리 서둘러 알람을 끄고 조심스럽게 이불을 개도 그녀는 이내 일어났다.

지금 나가?

커튼 뒤에서 서인이 잠이 묻은 목소리로 물었다. 진우는 깨워서 미안하다고 말하고는 얼른 옷가지를 챙겨 일어났다. 세수하는 내내 서인이 다시 잠들지 못하는 건 아닐까 걱정했다. 그러나 그녀는 불평하는 법이 없었다. 오히려 셰어생들이 다 같이 술을 마실 때면 꼭 진우 옆에 앉아서 전날 자기가 코를 골지는 않았냐며 살갑게 말을 걸었다. 둘이 사귀게 된 날 밤에는 술에 취해 진우의 어깨에 머리를 기댄 채 진우와 거실을 나눠 써서 다행이라고 했다. 보통은 잠들기가 어려운데 그가 잠든 후에 내는 고른 숨소리가 백색소음처럼 심리적인 안정을 준다는 거였다.

연애를 시작하자마자 그들은 비자 문제를 논의했다. 서인의 워킹홀리데이비자가 끝나가고 있었다. 서인은 비자가

만료되면 한국으로 돌아가고 싶어 했지만 진우는 이미 식당 사장에게 457비자 지원을 약속받은 후였다.

457비자를 약속받기까지 그는 최저시급의 70퍼센트만 받으며 일했다. 휴식 시간에도 쉬지 않았고 정규 근무시간보다 매일 서너 시간씩 더 일했다. 사장은 진우의 휴무일에도 때때로 그를 불러서 종일 매장 재고 정리를 시킨 다음 밥을 한 끼 사주고 돌려보내고는 했다. 457비자를 신청한 후에는 심사를 대비해 최저시급을 훨씬 웃도는 법정 금액을 급여로 지급해야 했기에, 진우는 통장에 들어오는 급여의 절반을 사장에게 현금으로 돌려주기로 약속했다. 사업체가 지불해야 하는 비자 신청비나 변호사 수임료 따위도 모두 진우가 내기로 했다.

따지고 보면 불법이 아닌 것이 없었지만 호주 업체에 해당하는 이야기일 뿐 한인 업체에서는 관례로 여겨졌다. 진우뿐만 아니라 한인 식당, 한인 슈퍼, 한인 여행사에서 일하는 한국인은 모두 그런 대우를 받으며 일했다. 457비자를 신청해준다는 명목으로 주에 50시간씩 일을 시키면서 주급으로 100달러만을 주는 업체도 있었다. 차비와 식비를 따지면 무상으로 일하는 것과 마찬가지였다. 그러니 진우의 사장은 악덕 업주 축에도 끼지 못한다고들 했다. 진우 역시 부당한 처우에 불평하지 않았다. 비자를 받을 수 있어서 기쁠 따름이었다.

457비자로 2년을 일하면 영주권을 신청할 수 있었다. 그럼 많은 것이 달라질 거였다. 급여는 적어도 두 배, 경력을 고려하면 세 배가 될 터였고 법정 유급휴가 4주에 공공의료와 공교육이 무료였다. 그는 한국에서는 누릴 수 없는 것을 약속하며 서인을 설득했다.

한국에서 혼인신고를 마치고 돌아온 후에도 문제가 남아 있었다. 457비자를 신청하기 위해서는 영어 점수가 필요했는데 주에 72시간씩 일하는 진우는 공부할 시간을 내기가 쉽지 않았다. 필요한 점수를 받으려면 일을 그만두고 몇 달간 시험 준비에 전념해야 했다. 진우의 시급이 서인보다 높았고 홀에서 영어로 서빙하는 서인의 영어 실력이 진우보다 훨씬 나았으므로, 진우가 일을 하고 서인은 영어 공부를 하기로 했다. 그렇게 진우 대신 서인의 이름으로 비자를 신청하게 되었다.

그 후로는 모든 일이 순조롭게 흘러갔다. 그녀는 영어 시험에서 좋은 점수를 받았다. 오래지 않아 서인의 이름으로 457비자가 나왔다. 그는 곧장 파트너비자를 신청했다. 파트너비자까지 승인되자 그들은 마스터룸으로 이사하기로 했다.

진우가 한국 교민 웹사이트에서 괜찮은 셰어하우스를 찾았다. 한국인 마스터가 렌트한 아파트를 한국인 셰어생들에게 다시 렌트하는 식이었다. 진우와 서인은 보증금과 한 달 치 렌트비를 완납하고 안방 격인 마스터룸을 얻었다. 마스터룸에는 욕조가 딸린 화장실이 있었다. 둘은 그날 밤 오랜 시간 목욕했다.

이사하고 사흘이 지난 저녁, 경찰이 찾아와 당장 집을 비우라고 했다. 렌트비와 공과금을 3개월 연체한 것이 이유였다. 경찰은 한 시간을 줄 테니 필요한 물건을 챙기라고 했다. 그들은 책상과 옷장, 서랍장 사이를 뛰어다니며 노트북과 옷가지, 신발을 각자의 캐리어에 마구잡이로 구겨 넣었다. 가구와 가전은 모두 마스터의 것이었으나 폐기 처분된다는 경찰의 말에 진우는 서인에게 캐리어를 맡기고 텔레비전을 들었다. 마스터는 전화를 받지 않았다. 그는 주변 한인들을 수소문해, 마스터가 여러 셰어생에게 받은 보증금과 월세를 챙겨 한국으로 돌아갔다는 것을 알게 되었다.

식당의 셰어하우스로 돌아가 한 달간 거실에서 지내며 서인은 호주 부동산 중개소에 직접 찾아가 집을 구했다. 부동산 업자가 날짜를 정해 집을 공개하는 인스펙션에 참가

해 아파트를 꼼꼼히 살폈다. 인스펙션에 세 번 다녀온 뒤 한 곳을 골라 렌트 신청서를 작성했다.

중국인들과 싸워 이기는 게 중요해.

그녀가 비장하게 말했다.

중국 사람은 아파트가 마음에 들면 제시된 렌트비에서 30달러를 올려서 신청서를 낸대.

서인은 35달러를 올려서 냈다. 사장에게 추천서를 받아 진우의 급여 명세서와 함께 제출했다. 은행 잔고 증명을 위해 입출금 내역서도 제출해야 했으므로 서인이 주변에서 돈을 빌려 그의 통장 잔고를 불려놨다. 그렇게 렌트 승인을 받았다.

이사한 날 진우와 서인은 그들만의 아파트에서 창문을 활짝 열어놓고 삼겹살을 구우며 소주를 다섯 병이나 비웠다. 붉게 달아오른 얼굴로 그들 앞에 펼쳐질 미래를 이야기했다. 아이가 마음껏 뛰어놀도록 정원이 딸린 집을 살 것이다. 크리스마스 휴가에 바닷가의 집을 한 달간 빌릴 것이다. 아이의 방학 때면 캠핑카를 타고 호주의 사막을 여행하며 반짝이는 별로 가득 찬 밤하늘을 하염없이 바라볼 것이다. 서인은 마치 그 모든 장면을 실제로 바라보는 듯 환하게 빛나는 얼굴을 했다. 진우는 서인의 말에 그래, 그래, 대답하면서 고개를 끄덕였다.

정말 좋겠지?

그는 대답 대신 손을 뻗어 그녀의 얼굴을 쓰다듬었다.

그날 밤 누구도 누운 적 없는 새 침대에 누워 진우는 서인을 얼마나 사랑하는지 말하고 싶었으나 서인은 이미 잠들어 있었다. 그녀는 이제 진우보다 먼저 잠들 때가 많았다. 아침에 진우가 나갈 때도 잠에서 깨지 않았다. 그는 서인의 잠든 얼굴을 바라보면서 그녀를 만나다니 정말 운이 좋다, 더 열심히 살아야지, 그런 생각을 했다. 그리고 1년 후 서인이 다른 남자와 잤다는 사실을 알았다.

홀에 새로 들어온 스물두 살 남자애였다. 진우는 전체 회식 자리에서 그와 몇 마디 대화를 나눈 적이 있었다. 아직 얼굴에 여드름 자국이 남아 있고 말끝마다 욕설을 내뱉는 애였다. 서인이 매장에 찾아왔을 때 둘이 인사하는 모습을 본 게 전부였는데, 도대체 언제부터였을까.

서인은 그 남자애를 사랑한다고 했다. 걔도 자길 사랑한다고 했다면서 같이 한국으로 돌아가겠다고 했다. 진우에게 미안하다며 울었지만 정작 진우가 화내자 더 크게 소리쳤다.

내가 얼마나 외로웠는지 알기는 해? 여기에는 가족도

친구도 없는데 너는 늘 바쁘고.

그는 서인을 때리고 싶었다. 뺨을 갈기고 작은 어깨를 잡아 마구 흔들고 싶었다. 둘 다 죽여버리겠다고 소리치고 싶었다. 그러나 그럴 수 없었다. 몇 주에 걸쳐 같은 싸움을 계속하는 동안, 진우에게 점점 더 명확하게 다가온 것은 서인이 돌아간다면 비자가 취소되어버린다는 사실이었다.

헤드 셰프로 일하면서 457비자를 얻어낸 것은 진우였지만 서류상에는 서인의 이름이 적혀 있었다. 진우는 서인의 파트너 자격으로 거주를 허락받았을 뿐이었다. 영어 점수를 받고 다시 비자를 신청하기까지 시간이 얼마나 걸릴지 알 수 없었다. 한번 비자가 취소되면 다시 받기가 더 어려워진다는 것도 잘 알았다.

그는 서인에게 한국에 가지 말라고 했다. 처음에는 비자를 이유로 들지 않았지만 결국 영주권을 받을 때까지만 기다려달라고 했다. 서인은 그렇게는 살 수 없다고 했다.

나 개랑 잤어. 내가 어떻게 너랑 살아.

네가 정 원하면 개랑 살아.

진우는 서인에게 무릎을 꿇었다.

제발 1년만 기다려줘. 그냥 호주에만 있어줘, 제발. 부탁이야.

숙소에 도착했을 때는 벌써 해가 저물어갔다. 경주의 버려진 고분처럼 보이는 낮은 언덕에 문이 나 있었다. 문을 여니 아래로 향하는 어두컴컴한 계단이 나타났다. 양쪽 벽에 달린 작은 램프에서 희미한 빛이 새어 나왔지만 바닥이 선명하게 보이지는 않았다.

프런트에는 아무도 없었다. 한참을 기다려도 직원이 나오지 않았다. 서인이 이메일을 뒤져 직원에게 전화를 걸어 보았지만 받지 않았다. 진우는 그녀가 잘못 예약했다고 생각했다. 프로모션은 처음부터 사기였다. 골드러시 같은 허황한 이름에 속아 넘어간 것이다.

그는 서인을 몰아세우고 싶었다. 이게 도대체 뭐냐고, 오지 말자고 하지 않았냐고, 결혼기념일 여행이라니 처음부터 말도 안 되는 얘기였다고. 그때 복도 끝에서 배가 한껏 나온 백인 남자가 걸어 나왔다. 만면에 웃음을 띠고 인사하더니 양팔을 벌리면서 자신이 주인이라고 했다.

시원하지 않냐고 하네. 여긴 냉방이 필요 없대.

서인이 주인의 말을 옮겨주었다. 반팔을 입은 진우의 팔에 닭살이 돋았다. 그녀를 흘긋 돌아보니 양팔을 끌어안고 있었다.

주인은 그들을 이끌고 숙소 이곳저곳을 보여주었다. 그

녀는 하나하나 진우에게 통역해주었다.

저녁은 여기에서 먹는대. 계산은 체크아웃할 때 하면 된다고 하네. 여기서는 별이 잘 보이니까 꼭 봐야 한대. 별을 보려면 이쪽으로 나가면 된다네. 이 복도 끝에 유리문이 있는데 잠가두고 있으니 들어올 때 꼭 다시 잠가달래. 곧장 외부로 통하는 문이라 문단속을 잘해야 한다고.

좁은 복도의 벽과 천장이 둥그렇게 이어져 있었다. 울퉁불퉁한 표면은 거대한 암석의 단면으로 보였다. 주인이 방에 먼저 들어가 불을 켜주었다. 낮은 조도의 조명 아래 흡사 동굴 같은 방이 드러났다. 허리까지 올라오는 높은 침대가 중앙에 놓여 있고 양옆으로 협탁과 옷장이 자리했다. 옷장 옆에는 작은 화장실로 통하는 문이 있었다. 침대 헤드와 옷장, 협탁과 화장실 문까지 모두 짙은 밤색에 별다른 장식이 없는 네모난 모양이었다. 골드러시 체험 상품의 숙소라기에는 지나치게 검소하고 음울해 보였다.

주인이 나가자 서인은 우둘투둘한 벽을 만지며 방을 둘러보았다. 진우는 침대에 털썩 누웠다. 매트리스는 딱딱했고 벽돌색과 겨자색이 섞인 체크무늬 이불은 축축한 냉기를 품고 있었다. 그는 오래 운전해서 몹시 피곤했다. 저절로 눈이 감겼다. 서인이 갑자기 비명을 지르며 화장실에서 튀어나왔다. 진우가 반사적으로 몸을 일으켜 화장실로 뛰어 들어갔다. 변기 안쪽에 누런 개구리가 붙어 있었다. 한 뼘이 족히 될 법했다.

어떡해?

서인이 소리쳤다. 진우는 물을 내렸다. 개구리가 물길을 거슬러 펄쩍 뛰어올랐다. 그녀가 다시 비명을 질렀다. 그는 개구리를 따라다니며 발을 쿵쿵 굴러 복도로 내몰았다. 개구리가 복도의 어둠 속으로 완전히 사라지고 나서야 방으로 돌아왔다. 서인이 눈을 크게 뜨고 진우의 얼굴을 살폈다.

갔어.

그녀는 그제야 한숨을 쉬면서 침대에 털썩 앉았다.

고마워.

진우는 대답하지 않았다.

숙소 식당에는 진우와 서인뿐이었다. 둘이 테이블에 자리 잡자 주인이 다가와 메뉴를 설명했다.

지금은 스테이크만 가능하대. 사이드로 감자튀김이 나오고. 어떻게 할래?

진우는 나도 그 정도는 알아듣는다고 말하려다 말았다.

뭘 물어봐? 그냥 된다는 거 시켜.

와인도 한 잔 시킬게.

그러든지.

주인은 와인병과 잔을 들고 와서는 그대로 두고 갔다.

얼마 안 남았다고 다 먹으래. 꽤 남은 거 같은데 인심이 좋네, 여기.

와인병 뚜껑을 열자 알코올 냄새가 강하게 올라왔다. 오래전에 따놓은 모양이었다. 주인이 내온 스테이크는 너무 바짝 익혀서 질겼고, 감자튀김은 포크로 찍으면 으스러져서 손으로 집어 먹어야 했지만 서인은 맛있다고 했다. 진우가 반응하지 않자 이렇게 외진 곳에서 이 정도면 감지덕지라는 말을 덧붙였다. 식사를 다 마친 후에 그녀는 별을 보자고 했다.

주인이 알려준 대로 복도를 따라가서 유리문을 열고 나가니 언덕의 봉우리였다. 하늘에는 많은 별이 떠 있었다. 어찌나 많은지 별이 아니라 창문에 잔뜩 낀 먼지처럼 보였다. 바람이 매섭게 불었다. 서인은 춥다며 먼저 들어갔다. 진우도 따라 들어가려 했는데 그녀 뒤로 문이 닫혔다. 그가 문을 열려고 했지만 서인이 안쪽에서 문고리를 잡고 있었다.

뭐 하는 거야? 문 열어.

바람 소리가 귀에 울리는 탓에 그녀가 입을 벙긋거리는 건 보였지만 말소리는 들리지 않았다. 어쩌면 입만 벙긋거리는지도 몰랐다. 문을 아무리 흔들어도 열리지 않았다. 서인은 여전히 문고리를 붙잡고 있었다. 깜깜한 밤이었고, 바람이 심하게 부는 언덕 위였다. 진우는 문고리를 거칠게 잡아당겼다.

씨발, 장난치지 마.

순간 문이 벌컥 열렸다. 서인이 중심을 잃고 진우 쪽으로 쓰러졌다.

왜 이딴 장난을 치고 그래?

나는 문을 열려고 한 거야. 안에서 문이 잠겨버렸다고.

진우는 울먹거리는 서인을 밀치고 복도로 들어섰다. 그의 등으로 바람이 몰아쳤다.

그 일이 있고 그는 한밤중 서인이 흐느끼는 소리에 잠을 깨곤 했다. 그럴 때면 참을 수 없이 화가 났다. 서인을 발로 걷어차고 한국으로 돌아가라고 소리치고 싶었지만 그러지 않았다. 처음에는 영주권 때문이라고 생각했지만 영주권을 받고도 이제 돌아가도 좋다고 말하지 않았다. 말하지 않아도 떠날 거라고 여겼다. 이젠 됐지, 라며 서인이 캐리어를 끌고 집을 나서는 꿈을 꾸기도 했다. 그러나 그녀는 떠나지 않았다. 대신 진우의 이름으로 장기 주택자금 대출을 받자고 했다. 아파트를 구했을 때처럼 혼자 은행과 부동산을 바쁘게 다니더니 외곽의 단독주택을 계약했다. 북향이라 해가 잘 들고 뒤뜰이 넓은 집이었다. 서인은 뒤뜰에 색색의 꽃과 딸기, 토마토 모종을 심었다. 진우는 휴일 오후에 주방 식탁에 앉아 뒤뜰에 있는 서인의 뒷모습을 자주 지켜봤다. 그녀는 챙이 넓은 밀짚모자를 쓴 채 재빠르게 흙을 뒤집고 씨를 심고 잡초를 뽑고 잎을 솎아냈다. 하루가 다르게 뒤뜰이 풍성해졌다. 가지와 호박이 열렸고 지지대를 타고 줄기콩과 토마토가 자랐다. 서인은 종종 뒤뜰에서 딴 채소로 샐러드를 만들었지만 진우는 손도 대지 않았다. 그녀는 국이나 반찬을 남기는 한이 있어도 샐러드는 다 먹었다. 한 번씩 채소를 상자에 담아 진우의 차 트렁크에 싣고는 매장에서 쓰라고도 했다. 그는 매장 가는 길 공원에 들러 쓰레기통에 상자째로 채소를 버렸다. 언젠가부터 서인은 뒤뜰 가꾸기를 그만두었다. 이제 뒤뜰에는 이름을 알 수 없는 풀이 허리까지 자랐다. 진우는 버려진 정글 같은 뒤뜰을 바라보았다. 어느 편이 더 나은지 알 수 없었다. 먹지도 않는 채소가 가득한 뜰과 보기 흉한 잡초로 뒤덮인 뜰 중에 무엇이 더 나쁜지 도무지 알 수 없었다.

다음 날 오전에는 골드러시 체험 상품의 핵심 일정인 광산 탐방이 예정되어 있었다. 서인은 랜턴이 달린 안전모를 쓰고 허리를 굽힌 채 광산을 살펴보는 관광객 사진을 보여주었다.

금을 캐보는 거야?

진우의 질문에 서인이 피식 웃었다.

금이 계속 나오면 이런 탐방도 못 하지.

그녀의 설명에 따르면 이미 150년 전에 문을 닫은 광산이었다. 그러니까 그들은 폐광을 둘러보러 가는 거였다.

예약 시간보다 일찍 도착해 마을을 돌아다녔다. 마을이라고 해봐야 폐광 바로 옆에 붙어 있는 작은 박물관, 카페, 음식점 정도였다. 모두 문이 열려 있었지만 어디에도 손님은 보이지 않았다. 그 옆으로는 반쯤 무너진 집이 즐비했다. 지붕이 날아가 벽돌로 된 벽만 남은 모습이었다. 아주 오래전에 금광이었지만 이제는 아무것도 아닌 것을 중심으로 펼쳐진 마을은 몇 세기 전에 멸망한 왕조의 유적지처럼 보였다.

서인이 카페에서 커피를 사는 동안 진우는 박물관을

구경했다. 유리 케이스 안에서 커다란 돌이 환한 빛을 발했다. 파도가 부서지는 바다처럼 푸른색과 흰색이 뒤섞여 있었는데 가까이 다가가자 오렌지색과 초록색이 반짝였다. 자리를 옮겨가며 그때마다 색이 변하는 돌을 한참 보았다.

예쁘죠?

가까이서 들리는 목소리에 흠칫 놀라 고개를 돌렸다. 양 볼이 붉은 여자가 바로 옆에 서 있었다. 그녀는 손에 든 상자를 열어 보였다. 상자에는 타원으로 세공된 보석이 박힌 반지가 여러 개 들어 있었다. 색이 모두 다른 보석이 일제히 반짝거렸다.

여자는 보석에 대해 한참을 설명했는데 진우는 옆 지역의 광산에서 나는 오팔이라는 말만 알아들었다. 그가 어색하게 고개를 끄덕이자 여자가 푸른빛 보석 반지를 상자에서 꺼내 내밀었다. 여자친구에게 주라는 것 같았다.

아니요, 저는 결혼했어요.

진우는 손을 내저었다. 여자가 빙긋 웃으며 반지를 다시 내밀었다.

그럼 아내에게 주세요.

보석 여기저기에서 밝은 빨강과 파랑이 나타났다가 사라졌다가 했다. 서인이 밖에서 그를 불렀다.

광산 표지판이 붙은 하얀색 철제 구조물 위에서 호주 국기가 나부꼈다. 진우와 서인은 철제 구조물 아래로 들어섰다. 그곳에는 손수레가 놓인 좁은 철로가 깔려 있었다. 안전모를 쓴 키가 작고 통통한 금발 여자가 철로 끝 엘리베이터 앞에 서서 그들에게 손을 흔들었다.

철근을 얼기설기 엮어서 만든 엘리베이터는 매우 작아서 세 명이 타니 꽉 찼다. 진우와 서인, 자신을 가이드라고 소개한 여자는 서로 몸을 붙인 채 어둠 속으로 빠르게 떨어졌다. 족히 1분이 넘게 지나 엘리베이터 문이 열리자 뜨겁고 습한 공기가 덮쳐왔다.

가이드가 엘리베이터 앞 작은 공간에 모여 있던 관광객 열댓 명에게 랜턴이 달린 안전모를 나눠 주었다. 진우와 서인은 안전모를 쓰고서 무리를 따라 통나무를 이어 붙인 통로를 걸었다. 그 끝에서 한 명씩 철근 사다리를 타고 내려가 좁고 낮은 암석 터널에 다다랐다. 키가 큰 진우는 허리를 다 펼 수가 없었다. 천장에는 굵은 철사 그물이 쳐져 있어 안전모가 철사에 긁히는 소리를 내지 않으려면 허리를 더 깊이 숙여야 했다.

그물 아래에서 가이드는 일행 쪽으로 몸을 돌리고는 뒤로 걸으면서 설명을 시작했다.

금광의 역사를 말해주고 있어.

서인이 속삭였다. '1800'이라는 숫자가 반복해서 언급되었다. 1800년대의 언젠가 금광의 역사가 시작되고 끝이 났으리라고 진우는 추측했다.

겨우 18년이었대. 이 광산에서 금이 나온 게.

서인은 가이드의 말이 비는 틈을 찾아 그에게 통역해주려 애썼는데, 가이드가 끊임없이 말을 이어가 계속 멈춰야 했다.

됐어.

그는 이미 끝나버린 금광의 역사에는 관심이 없었다. 서인은 설명을 안 들어도 괜찮겠냐고 몇 번 더 되묻고는 가이드 쪽으로 좀 더 가까이 다가섰다.

진우는 대열에서 조금 떨어져 벽을 만져보았다. 허옇게 살을 드러낸 암석을 타고 물이 흘러내렸다. 축축하고 울퉁불퉁한 벽과 좁고 어두컴컴한 느낌이 지난밤 묵은 숙소와 비슷했다. 다만 서늘한 숙소와 달리 광산 내부는 숨 막히게 뜨거웠다. 그는 흐르는 땀을 훔치고 허리를 숙인 상태에서 고개를 들었다. 랜턴이 그물에 동그란 빛을 만들어냈다. 빛이 비치는 그물 사이로 손을 집어넣었다. 그때 서인의 목소리가 날카롭게 울렸다.

진우야!

서인이 진우에게 빠르게 걸어왔다. 몸을 한껏 구부린 진우와 달리 서인은 똑바로 서 있어서 어렵지 않게 그의 팔을 잡아채 끌어 내렸다. 그녀의 커다란 눈이 그의 눈 바로 앞에 있었다.

천장을 만지면 돌이 떨어질 수도 있어서 위험하대.

서인은 가이드가 천장을 만지면 안 된다고 몇 번이나 말했다고 했다. 그제야 진우는 사람들이 모두 자길 쳐다보고 있음을 알아차리고는 그들의 시선에 떠밀리듯 엉거주춤한 자세로 벽에 기댔다. 발은 앞으로 내민 채 엉덩이를 벽에 붙이고 상체는 여전히 기울이고 있었다. 천장이 점점 낮아지고 몸이 더 접히는 것 같았다. 가이드가 진우에게 뭐라고 외쳤는데, 아주 짧은 문장이었지만 제대로 알아듣지 못했다.

앞으로.

서인이 진우를 잡아당겼다.

벽에 기대지 말고 힘들면 차라리 앉으래.

그녀가 어깨를 내리누르자 그가 털썩 주저앉았다. 바닥이 축축해 금세 바지가 젖었다. 서인은 가이드에게 사과하며 그가 영어를 잘 못한다고 했다. 진우는 고개를 들어 서인의 옆얼굴을 바라보았다. 그녀는 자신이 광산을 뒤흔든 것처럼, 그래서 광산이 완전히 무너져내린 것처럼 일그러진 얼굴을 했다.

점심을 먹고 출발한 탓에 운전하는 내내 오후 해가 차 안으로 깊숙이 들어왔다. 선글라스를 썼는데도 햇빛이 눈을 찔렀다. 해가 바로 눈앞에서 타는 듯했다. 앞에 있는 모든 것이 햇빛 안에서 부옇게 부서져버렸다. 서인은 잠들었다. 해가 가득 내려앉은 얼굴을 보는데 쾅 하는 굉음과 함께 차창이 깨지며 차가 옆으로 튕겨 나갔다.

브레이크를 밟고 정신을 차려보니 서인이 무릎을 내려다보고 있었다. 그녀를 흔들어 괜찮냐고 물어본 후에 차에서 내렸다. 앞 범퍼가 찌그러졌다. 차에 다시 타서 시동을 걸었다가 껐다.

차는 괜찮아. 운이 좋았어.

어떻게 된 거야?

서인이 진우에게 물었다.

캥거루를 쳤어.

캥거루는 어떻게 됐어?

죽지는 않았어.

차는 도로에서 벗어나 끝없는 벌판을 향해 있었다. 진우는 사이드미러로 몸을 일으키려고 애쓰는 캥거루를 보고는 핸들에 이마를 댔다. 전날 길에서 마주친 캥거루를 떠올렸다. 그 캥거루는 지금 죽었을까. 아니면 아직도 뜨거운 해 아래서 딩고와 까마귀에게 살을 뜯어 먹히며 죽음을 기다릴까.

그는 차에서 내려 트렁크를 뒤졌다.

뭘 찾아?

캥거루를 죽이고 가야 할 것 같아.

타이어를 갈아 끼울 때 쓰는 끝이 휜 쇠막대를 쥐고 길을 건너 캥거루가 쓰러져 있는 초원으로 들어갔다. 들풀 가시에 다리가 쓸렸다. 캥거루 뒷다리가 완전히 부러져 있었다. 상처에서 피가 흘러나와 낮은 풀을 적셨다. 캥거루는 앞다리로 몸을 절반쯤 일으켜 진우에게 으르렁거렸으나 눈빛은 전혀 공격적이지 않았다.

그냥 두고 가자.

서인이 소리쳤다.

이미 죽은 거나 마찬가지야.

어차피 죽을 거면 우리가 죽일 필요는 없잖아. 며칠이라도 더 살게 둬.

여기 와서 봐. 피를 이렇게 흘리면 며칠도 못 버텨. 산 채로 물어뜯기게 될 거야.

진우는 심호흡한 뒤 쇠막대를 휘둘렀다. 캥거루 머리가 내리찍혔다가 튀어 올랐다. 한 번 더. 또 한 번 더. 빌어먹을. 또 한 번 더.

그는 캥거루를 똑바로 내려다보지 못했다. 금방이라도 토할 것만 같았다. 차로 돌아와 피가 묻은 쇠막대를 트렁크에 넣고 나서야 티셔츠와 팔에도 튄 피가 보였다. 티셔츠를 벗어 팔과 얼굴, 목을 닦았다. 얼굴과 목에서도 피가 묻어났다. 가방을 열어 전날 입은 티셔츠를 꺼내 입었다.

그가 운전석에 오르자 서인이 창밖으로 고개를 내민 채 외쳤다.

캥거루가 움직여.

진우는 사이드미러로 캥거루를 쏘아보았다. 캥거루는 움직이지 않았다.

죽었어.

분명히 움직였어.

그가 차에 시동을 걸었다.

캥거루가 살아 있다고.

서인의 목소리가 떨렸다.

죽었어.

그는 액셀을 밟았다.

한 시간이 넘도록 그들은 아무 말도 없이 길을 달렸다. 해가 지고 있었다. 서쪽을 향해 달렸으므로 그들 앞에 경이로운 노을이 펼쳐졌지만 둘은 아무 말도 하지 않았다.

진우가 불현듯 차를 길옆에 세웠다.

정말 캥거루가 움직였어?

서인은 대답하지 않았다.

정말 캥거루가 움직이는 걸 봤어?

차 안으로 노을이 흘러 들어왔다. 진우는 핸들을 움켜쥔 손등에 내려앉은 붉은 햇빛을 보다가 고개를 돌려 역시 붉게 물든 서인의 옆얼굴을 보았다. 주머니에 넣어둔 오팔 반지를 생각했다. 그는 서인에게 반지를 내밀며 무릎을 꿇은 적이 없었다. 사람들의 박수를 받으며 식장에 입장해 그녀에게 입을 맞춘 적도 없었다. 초음파사진을 보면서 눈물을 흘린 적도, 서인의 눈을 닮은 아이를 보며 경탄한 적도 없었다. 진우와 서인은 빛나는 순간을 가져본 적이 없었다. 빛나는 순간. 진우는 그들이 늘 그것을 기다려왔음을 알았다. 그리고 그것이 그들에게 절대 오지 않으리라는 것을 알았다. 붉은 햇빛이 차 안에 가득 들어찼다. 그는 온통 붉기만 한 세계를 바라보았다.

졸 업 여 행

아들이 졸업 여행을 떠난 다음 날 아침이었다. 미연은 소파에 잔뜩 웅크리고 누워 있었다. 여기서 잤냐는 승수의 물음에 몸을 일으킨 그녀는 머리가 헝클어지고 입술이 바짝 말라붙어 있었다.

잭이 연락이 안 돼.

전날 밤에도 미연은 같은 말을 했다. 승수는 놀러 간 애한테 그만 전화하라며 타박하고 먼저 잠자리에 들었다.

신호가 안 가. 전화기가 꺼져 있는 것 같아. 실종 신고를 해야겠어.

미연이 승수에게 휴대폰을 내밀었다. 실종 신고를 대신 해달라는 뜻이었다. 그녀는 여전히 영어에 자신 없어 했다.

노느라 정신없겠지. 친구들이랑 실컷 놀고 있는데 경찰이 들이닥친다고 생각해봐. 부모가 신고한 걸 알면 우리를 다시 안 보려고 할 거야.

호주의 하이스쿨 졸업생은 졸업 여행을 학교와 상관없이 자유롭게 떠났다. 잭은 친구들과 골드코스트에 가 있었다. 골드코스트는 1년 내내 날씨가 온화한 북쪽 해변이었다. 하이스쿨 졸업 여행지로 인기가 많은 곳이라 승수는 안심한 반면 미연은 문제를 일으키는 애들이 많은 곳이라며 걱정했다.

승수가 현관에서 신발을 신자 미연이 소파에서 일어나 걸어왔다. 그는 잭에게 전화해보겠다는 뜻으로 휴대폰을 흔들고는 현관문을 열었다. 그때 전혀 예상치 못한 뜨거운 바람이 현관을 덮치는 바람에 그 자리에 멈춰 섰다. 아직 오전 9시가 안 됐는데도 숨이 막히는 열기였고, 미연이 맞았다가는 몸이 휘청거렸을 강한 돌풍이었다. 승수는 뒤돌아 미연의 커다래진 눈을 보았다.

이게…….

현관에 놓아둔 화분이 쓰러지면서 그의 신발에 흙이 쏟아졌다. 그는 화분을 안으로 들였다.

바람이 심하네. 문 잘 닫고 있어.

미연은 쭈그리고 앉아 신발에서 흙을 털어냈다.

전화가 계속 안 되면…….

내가 해볼 테니까 너무 걱정하지 마. 괜찮을 거야.

승수는 정말 그렇게 믿었다. 잭이 괜찮을 거라고 믿었다.

다른 날보다 눈에 띄게 차가 없었다. 바람에 흙먼지가 날려 차창을 휩쓸고 갔다. 길옆으로 늘어선 나무들이 거세게 휘청였다. 나무가 부러져 차에 떨어질까 봐 승수는 안쪽 차선으로 옮겨 갔다. 빨간불에 차를 멈췄을 때 잭에게 전화를 걸었지만 미연의 말대로 전화기가 꺼져 있었다.

그는 크게 걱정하지 않았다. 잭은 친구들과 있을 때 부모의 전화를 잘 받지 않았다. 집에 들어오는 잭에게 미연이 왜 전화를 안 받았냐고 소리치면 잭은 그제야 휴대폰을 확인하고 전화했네, 대꾸하곤 했다. 졸업 여행을 갔으니 전화를 피하는 게 당연했다. 낮에는 수영하고 밤에는 술 마시느라 휴대폰을 충전할 겨를이 없을 것이다. 전화가 꺼진 줄도 모르고 늦잠을 자고 있을 게 뻔했다.

승수가 매일 장을 보는 아시안 청과상은 셔터가 내려진 채 바람에 덜컹거렸다. 근처의 청과상을 몇 군데 더 들렀는데 모두 문이 닫혀 있었다. 잠시 고민하다 식당과 가까운 쇼핑몰로 향했다. 쇼핑몰 안에 있는 슈퍼마켓은 아시안 청과상보다 가격이 비싸서 런치와 디너 사이에 재료를 급하게 사야 하는 경우가 아니면 잘 가지 않았다. 그는 어쩔 수 없다고 혼잣말하며 주차장으로 들어섰다.

차 수백 대를 너끈히 주차할 수 있는 공간에 차가 두 대뿐이었다. 차에서 내리지 않고 한 바퀴를 돌아 나왔다. 밖에 다니는 사람이 이렇게나 없으면 어제 남은 재료로 어떻게든 버틸 수 있을 것 같았다. 요즘 버리는 재료가 유독 많은 점도 마음에 걸렸다. 우선 런치만 버텨보고 정 안 되면 런치 후에 쇼핑몰에 나와도 될 것이다.

식당에서 조금 떨어진 공용주차장에 차를 대고 식당까지 걸어가는 5분 동안 행인을 한 명도 보지 못했다. 집에서 나올 때보다 바람이 더 강했다. 바람과 맞서면서 모래 폭풍이 부는 사막을 걷는 것 같다고 생각했다. 체감으로도 40도가 넘을 온도였다. 흙먼지와 잎사귀가 승수를 후려쳤다. 식당에 도착했을 때 긴 고행을 마친 듯 의자에 털썩 앉았다. 창밖에선 여전히 잎사귀며 종이 따위가 바람에 실려 소용돌이쳤다.

미연에게 집에 있으라고 메시지를 보냈다. 식당을 오픈하고 몇 달간은 런치에 두 시간, 디너에 세 시간 동안 홀 서빙 아르바이트를 한 명 썼는데 손님이 들지 않아 자른 지 한 달이 넘었다. 그나마 손님이 있는 런치 시간에 미연이 나와서 도왔고, 주말에는 디너까지 남아 있기도 했다. 미연의 도움은 고마웠지만 사실 불편할 때가 더 많았다. 그녀가 주방에 들어와 냉장고를 뒤적이며 런치 특선을 해보자거나 요일별 할인 메뉴를 정해서 붙여놓자고 말하는 게 싫었다. 그때마다 승수는 1년은 기다려봐야 한다고 대꾸했다. 그러면 미연은 재료라도 팍팍 쓰라고, 손님 안 든다고 재료를 아껴서는 손님 내쫓는 꼴이 될 거라고 알지도 못하는 소리를 했다. 결국 둘은 손님이 없는 식당에서 소리를 지르며 싸우곤 했다. 오늘은 그럴 기분이 아니었다.

길에 사람이 하나도 없어. 나오지 마.

승수의 문자에 미연은 여러 이름과 연락처를 보내왔다.

잭이랑 골드코스트에 같이 간다고 한 애들이랑 부모 연락처야. 다 전화해봐.

니콜라스, 제라드, 미셸, 리사, 안젤라, 마리안. 하나같이 낯선 이름이었다. 그중에 누가 잭의 친구고 누가 그들의 부모인지 알 수 없었다. 가장 위에 있는 니콜라스의 번호를 눌러보았다. 전화기가 꺼져 있었다. 이어 제라드의 번호로 전화했다. 신호음이 들렸지만 전화를 받지 않았다. 미셸도 리사도 전화를 받지 않았다. 점차 조급해졌다. 그래서 안젤라가 마침내 전화를 받았을 때 헬로 대신 땡큐라고 하고 말았다.

안젤라는 다정한 목소리로 닉이 친하게 지내는 잭의 부모를 항상 만나고 싶었다고 했다.

잭은 정말 사랑스러운 아이죠.

승수가 니콜라스와 연락이 되냐고 묻자 그녀가 웃음을 터뜨렸다.

친구들이랑 놀러 갔잖아요. 연락이 될 리가 있겠어요?

긴장이 풀리면서 그는 안젤라에게 굳이 할 필요 없는 이야기를 했다. 아내가 걱정이 많다고, 잭과 관련된 일이라면 무조건 걱정부터 한다고, 아무리 잭을 내버려두라고 말해도 그러지를 못한다고, 골드코스트까지 따라갈 것 같아서 잭의 친구들 부모에게까지 전화하는 중이라고.

골드코스트라뇨?

안젤라가 승수의 말을 끊었다.

애들은 밀두라에 갔어요. 미셸의 할머니 집에요.

*

12시가 넘어 손님이 두 명 들어왔다. 금발의 남녀는 빗속을 뚫고 온 듯 몸을 부르르 떨었다. 발개진 얼굴에서 열기가 느껴졌다. 승수는 얼른 찬물을 건네고 에어컨 온도를 낮췄다. 둘은 한식을 먹어본 적 있는지 메뉴를 보지도 않고 비빔밥 두 개를 시켰다.

그들은 테이블 끝에 휴대폰을 세워놓고 함께 영상을 보았다. 125년 만에 가장 더운 11월이라는 앵커의 목소리가 흘러나왔다. 40도를 웃도는 기온과 시속 100킬로미터의 바람이 빅토리아주 곳곳에 화재를 일으키고 있다고 했다. 승수는 비빔밥과 계란국을 내려놓으면서 휴대폰을 흘긋거렸다.

화면 속 하늘에서 벼락이 내리쳤다. 오렌지색 불길이 빠르게 번져가고 까만 재가 끝없이 날렸다. 불붙은 들판 한쪽에 소 떼가 모여 있었다. 도심의 트램이 역사 앞에 줄지어 섰다. 돌풍에 건물에서 떨어져 나온 금속 지붕 조각이 트램의 전선을 쳤다고 했다.

드디어…….

음식을 다 내려놓고도 그대로 서서 휴대폰 화면을 지켜보던 그는 여자의 목소리에 정신을 차리고 몸을 돌렸다.

빅토리아주에도 산불이 시작됐네.

주방에 돌아간 후에도 여자의 '드디어'라는 말이 승수의 귀에 맴돌았다. 뉴사우스웨일스주와 퀸즐랜드주에서는 이미 두 달 전부터 시작된 산불이었다. 연기로 뒤덮인 시드니, 끝없이 불타는 숲, 까만 재로 형태만 남은 코알라가 뉴스를 도배했다. 날아다니는 불덩어리와 불길에 휩싸인 마을이 계속 방송되었다. 통제 가능한 범위를 벗어났다고 했다. 비상사태가 선포되었고, 누구의 안전도 보장할 수 없다며 대규모 대피령을 내릴 수 있다는 주지사의 발표가 있었다. 그런 뉴스를 볼 때마다 미연은 멜버른에 살아서 다행이라고 했는데 이제 더 이상 그렇게 말할 수 없을 것 같았다. 승수는 미연에게 전화하려고 휴대폰을 꺼냈다가 다시 주머니에 넣었다.

드디어 멜버른에도 산불이 찾아왔다고 하면 미연은 잭에 대해 물을 것이다. 그래서 잭하고는 연락이 됐어? 잔뜩 갈라지고 다급한 미연의 목소리가 들리는 듯했다. 도대체 잭은 어떻게 된 거야? 미연이 묻는다면 잭이 골드코스트에 있지 않다고 말해야 할 것이다. 그럼 잭이 어디 있냐고 미연이 다시 물으면 어떻게 대답해야 할까? 우리가 한 번도 가본 적 없는 밀두라에 있다고? 멜버른에서 540킬로미터 떨어진 곳이라는데 들어봤냐고 되물어야 할까? 헬리콥터로 물을 뿌리는 거대한 농장이 많은 시골이라고 설명해야 할까? 졸업 여행 가서 수영할 거라고 말한 잭이 왜 바다에 있지 않고 시골에 가 있어? 40도가 넘는 뜨거운 여름날에 10대 아이들이 왜 농장에 갔는데? 미연이 따져 물으면 어떻게 말해야 할까?

숨이 막혔다. 머릿속에서 반복되는 질문에 어떤 대답도 가지고 있지 않았다. 억지로 숨을 들이마시는데 뜨거운 바람과 함께 젊은 여자 둘이 들어왔다. 얼굴 생김새나 옷차림이 한국인으로 보였는데 영어로 주문했다. 냉면 두 그릇을 가지고 나가자 금발의 남녀가 계산대 앞에 서 있었다. 그는 잠시만 기다려달라고 말한 뒤 냉면을 서빙하고 돌아와 계산서를 건넸다.

직원을 뽑아야 하지 않겠어요?

남자가 친절하게 웃으면서 말했다.

테이블을 치우는 중에 뜨거운 바람이 들이쳤다. 문이 열려 있었다. 밖으로 젖혀진 문을 닫기가 쉽지 않았다. 억지로 잡아당기다가는 유리가 깨지지 않을까 걱정한 찰나 가게 불이 꺼졌다. 문을 내버려두고 주방으로 뛰어 들어가 두꺼비집을 열어 스위치를 껐다 켰다. 그래도 불이 들어오지 않았다. 다시 홀에 나가보니 한낮이라 어둡지는 않았지만 에어컨이 작동하지 않아 문제였다. 벌써 공기가 후끈해진 것 같았다.

전기가 나갔어요. 잠시만 기다려주세요.

승수는 냉면을 먹는 손님에게 허리를 꾸벅 숙였다. 에

어컨을 다른 것으로 대체할 방법을 궁리하다가 주방 냉장고에 생각이 미쳤다. 냉장고가 꺼져 있었다. 채소도 얼마 못 가 시들 더위에 고기는 한 시간도 버티기 어려울 것이다. 며칠 전에 세일하기에 잔뜩 사놓은 소고기가 눈에 띄었다. 냉동실에는 지난주에 산 오징어와 새우가 봉투째 들어 있었다. 그때 홀에서 요란한 소리가 났다.

손님이 보이지 않았다. 안으로 들여놓은 메뉴 입간판이 넘어져 있었다. 열린 문으로 바람이 들이닥쳤다. 바람이 어찌나 거센지 테이블과 의자가 굴러도 이상하지 않을 것 같았다. 가게 문을 닫아야겠다고 마음먹고 다시 주방으로 들어가 상자에 음식물을 담았다. 서너 번쯤 차와 식당을 오가면 웬만한 건 다 옮길 수 있을 것이다. 오늘 장을 보지 않은 게 다행이라면 다행이었다.

상자 두 개를 끌어안고 바람에 떠밀리듯 걸었다. 어느 순간 중심을 잃고 앞으로 넘어졌다. 애호박과 당근, 상추가 바닥에 굴렀다. 상춧잎이 돌풍에 휘말려 눈앞에 떠올랐다가 순식간에 사라졌다. 깻잎 봉투가 나무 밑동에 달라붙었다가 이내 날아가버렸다. 상자를 추슬렀다. 차에 싣고 보니 남은 것이 별로 없었다. 식당으로 돌아가는 길에 다시 바람과 맞서야 했다. 매캐한 공기에 기침이 났다. 가게에서 냉면 그릇과 반찬 세 가지가 놓인 식탁을 치웠다. 그제야 냉면을 주문한 손님이 계산하지 않고 나갔음을 깨달았다. 오늘 런치에는 손님을 한 테이블만 받은 셈이었다. 어제 디너에도 한 테이블을 받았다. 그 전날도, 지난주도 크게 다르지 않았다. 이대로라면 가게 렌트비는커녕 집 렌트비도 내기 어려웠다. 모아놓은 돈으로는 1년도 버티지 못할 것이다.

12년간 온전히 쉰 날이 손에 꼽혔다. 한국에서 미연의 부모가 찾아왔을 때 며칠을 제외하고는 주말은 물론이고 공휴일에도 일했다. 아들의 학생비자로는 부모 한 명의 가디언비자밖에 받을 수 없는 데다 가디언은 일하는 것이 금지되어 있었다. 그래서 둘은 가디언비자를 포기했다. 미연이 학교에 등록해 학생비자로 일하고, 승수는 미연의 동반비자로 일했다. 그렇게 잭을 로컬 학교에 보냈다. 미연의 학비와 잭의 학비, 렌트비와 생활비까지 더하면 1년에 10만 불이 들어갔다. 한국 돈으로 1억이 넘는 돈이었다.

학생비자나 동반비자로는 주 20시간밖에 일할 수 없었으므로 20시간은 식당에서 주방 보조로 일하고, 그 외에는 현금으로 급여를 받는 캐시잡으로 청소나 이사 용역 등의 일을 닥치는 대로 했다. 사장은 최저시급에 못 미치는 돈을 주면서도 그마저도 신고가 불가능한 걸 이용해 떼먹기 일쑤였다. 캐시잡으로 사람을 쓰다가 돈을 주기 싫어서 직원을 신고하는 사장도 있다고 했다. 승수는 월급을 안 주는 청소 업체 사장에게 이런 이야기를 들었다. 임금을 늦게 주는 자신을 이해해달라는 변명이었지만, 사실은 협박이었다.

사무실과 매장 청소를 새벽까지 하고 식당에 주방 보조를 하러 가기 전 잠시 눈을 붙이러 집에 들어가면 학교에 나갈 채비하는 미연과 마주쳤다. 비자 연장 문제가 걸려 있어서 학교를 빠져서는 안 되었고, 학교를 마친 후에는 밤늦게까지 서빙 아르바이트를 했다. 그래도 미연은 하루도 빠짐없이 잭의 도시락을 싸면서 승수의 아침을 차렸다.

햄과 치즈가 들어간 샌드위치를 씹어 삼키면서 승수는 미연과 눈을 마주치지 않으려 애썼다. 그녀의 지친 얼굴을 들여다보며 자신의 얼굴도 그러하리라는 것을 깨닫지 않으려 애썼다. 여기서 도대체 뭘 하고 있냐고, 당장 한국으로 돌아가자고 소리치지 않으려 애썼다. 그들에게는 호주에 악착같이 남아야 할 이유가 있었다. 어떤 순간에도 그는 그 이유를 잊지 않았다.

호주 이민을 고민하는 친구들이 전화를 걸어오면 하루라도 빨리 오라고 큰소리쳤다.

우리 애 영어 하는 걸 들으면 생각이 달라질걸. 한국에서 아무리 열심히 해도 원어민은 못 따라오지. 걔은 그냥 호주 애야.

그들이 부러워할수록 승수는 더 신나게 떠들었다.

한국에서는 미래가 딱 정해져 있잖아. 여기는 아니야. 호주가 괜히 선진국이 아니라니까. 여기서 대학을 졸업하면 전 세계가 무대야.

그럴 때면 대단한 목표를 달성한 것만 같았다. 전날 밤에 술집 화장실 변기를 닦다가 구역질이 났어도, 잠을 못 자고 운전하다 사고가 날 뻔했어도, 이민 전문 변호사가 계약금을 받아놓고 비자 신청을 미뤄서 불법체류 신세가 되었어도 무언가를 이뤄내고 있다고 믿었다. 한국에서는 상상할 수도 없는 것을. 10년을 기다려 영주권을 따고, 자기 이름으로 가게를 내고, 아들이 대학수능시험까지 마치자 다 이루었다는 생각이 들었다. 끝내.

승수는 텅 빈 식당에 앉아 채찍처럼 휘몰아치는 바람 소리를 들으며 단단히 움켜쥐었다고 믿어온 성취를 곱씹었다. 식당은 뜨거운 공기로 가득했다. 냉면 얼음은 녹아버렸고 국물에는 기름만 둥둥 떴다. 냉장고 안의 고기는 부패하고 있었다. 그는 땀을 흘리면서도 입술이 바짝 말랐다. 주먹을 꽉 쥐었다. 그동안 이룬 것을 놓칠 수 없다는 듯이.

음식물 상자를 뒷좌석에 한가득 싣고 집으로 향했다. 멜버른 시내에 연기가 자욱했다. 불이 번지는 모양이었다. 가까운 곳에서 큰불이 난 것 같다고 짐작하면서도 뉴스를 듣거나 휴대폰으로 멜버른 산불을 검색해보지 않았다.

그의 차가 드라이브웨이에 들어서자 미연이 집에서 튀어나왔다.

왜 벌써 와? 잭 친구들한테 연락해봤어?

밀두라에 있대.

승수가 상자를 집으로 날랐다. 해산물이 녹아서 물이 흥건했다. 그가 냉동실에 음식을 밀어 넣는 동안 미연이 뒤에서 따졌다.

그게 무슨 소리야? 잭은 골드코스트에 갔잖아.

미셸 할머니 집이 거기 있다나 봐. 니콜라스도 같이 간 것 같고.

밀두라가 어딘데? 전화가 안 통하는 데래? 산속에 가 있어?

그렇지는 않을 텐데……. 그냥 노느라 전화에 신경 못 쓰는 거 아니겠어?

다른 애들은? 다른 애들한테는 전화해봤어?

니콜라스 전화도 꺼져 있어. 미셸도 안 받고.

같이 있는 애들이 전화가 다 안 돼? 무슨 문제가 있는 거 아냐?

승수는 아무 말 없이 미연을 지나쳐 거실로 갔다. 소파에 누워 눈을 감았다. 머리맡에 미연이 앉는 기척이 느껴졌다. 그는 손을 뻗어 그녀의 허벅지를 두드리며 괜찮을 거라고 말하고 싶었으나 피곤했다. 시간이 얼마나 지났을까. 미연의 짧은 비명에 그가 몸을 일으켰다.

이거 봐. 밀두라에 지금…….

미연이 휴대폰을 건넸다. 밀두라를 검색해본 모양이었다. 오렌지색 필터를 씌운 듯한 사진들이 펼쳐졌다.

산불로 흙먼지가 도시를 뒤덮었대. 8만 가구가 전기도 끊기고……. 어떡해. 애네 고립됐으면 어떡해.

승수는 사진을 가만히 넘겨보았다. 붉은 대기가 떠다니는, 다른 은하계 행성을 찍은 것 같았다. 이 안에 잭이 있다고?

지금 밀두라로 가, 빨리. 잭 데려와.

휴대폰을 멍하니 들여다보는 승수를 미연이 떠밀었다. 그는 미연의 말대로 당장 가봐야겠다고 생각하면서도 선뜻 몸을 일으키지 못했다. 피곤했다. 너무 피곤했다.

잠시만.

그가 마른 목소리로 말했다.

지금 뉴스 속보가 계속 뜨는데 뭐가 잠시만이야? 빨리 일어나.

그녀의 얼굴이 새빨갰다. 금방이라도 울음을 터뜨릴 것 같았다.

승수는 차에 타기 전 미연을 돌아봤다. 얼굴이 여전히 빨간 미연이 눈을 훔쳤다. 연기 때문에 눈이 매운 건지, 우는 건지 알 수 없었다.

꼭 데려와. 무조건 찾아서 데려와.

왜 미연은 잭이 돌아오지 못할 것처럼 말할까, 왜 모든 게 곧 끝장나버릴 것 같은 표정을 지을까. 그는 미연에게 묻는 대신 시동을 걸었다.

잭을 찾으면…….

그녀는 말을 끝맺지 못하고 발작적으로 기침을 터뜨렸다. 허리를 굽히고 마른 몸을 흔들었다. 승수는 그대로 차를 출발시켰다. 백미러로 거세게 흔들리는 미연이 비쳤다.

*

밀두라 시내가 정말 오렌지색으로 물들어 있었다. 사진 속 흙먼지는 화염이었다. 창틈으로 흘러 들어오는 열기를 느끼며 승수는 사방을 둘러보았다. 보이지 않는 불길이 도시 전체를 오렌지색 연기로 뒤덮었다. 다급히 잭에게 전화를 걸었지만 여전히 신호가 가지 않았다. 니콜라스의 전화도 꺼져 있었고, 미셸은 전화를 받지 않았다. 그는 안젤라에게 받은 주소를 확인하고 차에서 내렸다.

미셸의 할머니 집은 양철 지붕의 하얀색 목조건물이었는데 주황색 연기에 휩싸여 녹슨 지붕과 오래된 나무 외벽이 크게 두드러지지 않았다. 현관문은 열려 있고 방충망 문만 닫혀 있었다. 비트가 강한 음악이 흘러나왔다. 문을 여러 번 두드렸는데도 응답이 없어서 방충망 문을 열고 들어갔다. 집 안도 열기가 가득했다. 끝내 익숙해지지 않을 시큼한 암내와 비릿한 풀 냄새가 났다. 점점 커지는 음악을 의식하며 짧은 복도를 지나자 아이들이 모여 있는 거실이 나타났다. 그들을 빠르게 훑어보았다. 두 남자아이가 소파에 반쯤 누워 콘솔게임을 하고 있었고, 그보다 더 안쪽에 놓인 빨간색 빈백에 여자아이가 다리를 쭉 뻗고 앉아 팔을 양쪽으로 뻗치고 있었다. 금발 머리를 묶은 남자아이는 바닥에 앉아 담배를 물고 기타를 쳤고, 그 앞에 여자아이 하나와 남자아이 둘이 맥주병을 들고 있었다. 모두 백인이었는데, 더워서인지 흥분해서인지 얼굴이 발그레했다. 잭은 없었다.

헬로?

빈백에 앉은 여자아이가 승수에게 말을 걸었다. 다른 아이들도 그를 빤히 보았다. 그는 잭이 집에 데려왔던 친구들의 얼굴을 떠올렸다. 분명 그 아이들일 텐데 낯설기만 했다.

잭을 찾으러 왔는데…….

빈 맥주병과 피자 박스가 발에 걸렸다. 맥주병 하나를 테이블에 올려놓았다. 자리를 만들려면 다른 맥주병과 양주병, 과자 봉지를 밀어내야 했다. 입구가 긴 호리병처럼 생긴 유리병, 잘게 조각낸 초록색 잎사귀와 가위가 담긴 그릇을 치웠다. 그릇 아래에서 손가락 한 마디만 한 지퍼백 여러 개가 드러났다. 지퍼백에는 분홍색 알약과 노란빛이 도는 가루, 하얀색 결정이 들어 있었다.

잭 어디 있니?

잭이요 아님, 체크요?

승수를 쳐다보던 아이들이 일제히 웃음을 터뜨렸다. 승

수는 그 아이가 무슨 말을 하는지 알았다. 잭은 그가 J와 A를 발음하지 못한다고 몇 번이고 지적했었다. J를 CH로, A를 E로 발음해서 '잭'이 아니라 '체크'로 들린다는 거였다. 아빠는 내 이름을 제대로 부른 적이 없어. 부르지도 못하는 이름을 도대체 왜 지은 거야?

승수는 서로를 치며 요란스럽게 웃는 아이들에게서 등을 돌렸다. 실내 공기가 후끈해 땀을 훔쳤다. 집 안을 구석구석 살피다 거실 너머 닫힌 방문으로 다가갔다. 문고리를 돌렸지만 잠겨 있었다.

할머니가 자고 있어요.

그에게 인사한 목소리였다. 금발 머리를 양 갈래로 땋은 아이는 젖살이 빠지지 않은 얼굴에 웃음기를 잔뜩 머금은 새파란 눈동자로 승수를 올려다봤다. 미셸일 테지, 잭의 행방을 물으려면 저 애와 대화해봐야겠지 생각하면서도 입을 뗄 수가 없었다. 무슨 말을 하든 조롱당할 게 분명했다.

거칠게 문을 두드리고 다시 문고리를 돌렸다. 여자애가 뒤에서 날카로운 소리를 냈다.

오 마이 갓, 아저씨. 진정하세요.

그때 뒤편에서 잭의 목소리가 들렸다.

아빠?

잭이 어디서 나왔는지 거실 한중간에 서 있었다. 떡 진 머리, 땀에 젖은 옷. 심지어 눈이 빨갰다. 승수는 가만히 서서 마약을 한 것 같은 아들을 바라보았다. 아들의 뺨을 때리고 싶기도, 울음을 터뜨리며 아들을 끌어안고 싶기도 했다. 그러나 선뜻 움직였다가는 다리에 힘이 풀려 주저앉을 것만 같았다.

*

집으로 돌아오는 길에 잭은 같은 말을 되풀이했다. 우리는 그냥 파티했을 뿐이라고, 골드코스트에 가는 돈을 아껴 좋은 코카인을 샀고, 그건 정말 좋았다고, 싸구려 마약보다 훨씬 안전하고 좋다고.

괜찮아, 아빠.

입을 다문 승수에게 잭이 덧붙였다.

나 대학도 합격했고, 고등학교 내내 공부도 열심히 했어. 며칠 이렇게 놀아도 괜찮아, 아빠.

졸업 여행을 허락하지 않으려는 미연을 설득하려고 승수가 한 말을 잭이 하고 있었다. 승수는 미연에게 잭을 한번쯤 놓아주자고 했다. 공립학교에서 열심히 공부했으니

장하지 않냐고, 내로라하는 대학에도 붙었는데 이쯤은 괜찮다고.

그때 그는 뭐가 괜찮다고 생각했을까. 지금 잭은 뭐가 괜찮다는 걸까. 잭의 말을 전혀 알아들을 수 없었다. 승수는 한 번도 잭을 이해한 적이 없음을 깨달았다.

아빠.

잭은 계속 아무 말이 없는 승수를 여러 번 불렀다.

아빠, 괜찮아?

그는 창밖으로 고개를 돌렸다.

잭이 잠들자 승수는 라디오를 틀었다. 산불 관련 뉴스가 나왔다. 산불이 대부분 잡혔다고 했다. 내일이면 기온이 정상으로 돌아올 거라고 했다. 오늘 밤부터 기온이 떨어질 거라고 했다. 멜버른과는 540킬로미터나 떨어진 시골, 밀두라에서 집은 멀었다. 그가 차창을 열었다. 아직은 공기가 뜨거웠다. 라디오 볼륨을 높이고 점점 어두워지는 길을 달렸다.

헬로 차이나

8월, 겨울이 한창이었다. 혜선은 두꺼운 카디건을 단단히 여미고 아침 일찍 뒷마당으로 나갔다. 어두웠다. 빛도 소리도 흘러나오지 않는 차고의 커다란 창문을 가만히 노려보았다. 지난밤에 딸의 남자친구를 초대해 저녁을 먹었다. 와인을 마시다 시간이 늦어져 그에게 자고 가라고 말했을 때 딸과 함께 자라는 뜻은 아니었다. 고요한 차고 문을 두드려 딸과 남자친구를 깨우고 싶은 마음을 억눌렀다.

주위가 서서히 밝아졌다. 뒷마당의 유칼립투스 나무에 앉은 새들이 요란하게 울었다. 미색 차고 벽을 타고 오르는 아이비가 조금씩 모습을 드러냈다. 그 아래 양치식물은 겨울에도 푸른 이파리를 뻗쳤다. 딸과 남자친구가 일어나기 전에 집으로 들어가려는데 눈에 뭔가 걸렸다. 깃발이 없었다. 거칠게 고개를 돌렸다. 뒷마당을 가로질러 걸려 있던 티베트 오색 기도 깃발이 그 자리에 없었다.

깃발이 달린 밧줄은 가운데가 끊어져 레몬 나무와 차고 센서 등에 각기 늘어져 있었다. 고장 난 센서 등에 매달린 밧줄에는 깃발 네 개, 레몬 나무에 매달린 밧줄에는 깃발 일곱 개가 달려 있었다. 원래는 스무 개쯤이었으니 가운데 깃발 열 개 남짓이 사라진 것이다. 그녀는 레몬 나무에 늘어진 밧줄 단면을 들여다보았다. 이번에도 가위로 자른 듯 깨끗했다.

차고 문을 두드렸다. 한참이 지나서야 딸이 눈을 반쯤 감은 채 문을 열었다.

이거 봐봐.

에이미는 미간을 찌푸리며 혜선이 내민 밧줄을 내려다보았다.

깃발이 또 없어졌어.

포섬이 그랬다니까.

에이미는 어젯밤에도 포섬이 차고 지붕을 뛰어다니는 소리에 늦게까지 잠을 못 잤다면서 포섬 잡는 사람을 부르라고 했다.

포섬이 줄을 탄다고?

가는 나뭇가지도 잘 타고 다니는 거 몰라?

한 군데를 끊은 게 아니라 양쪽을 끊어서 그 사이 깃발을 가져갔어. 포섬이 이렇게 똑똑할 리 없잖아.

그럼 새가 그랬나 보지.

혜선은 춥다며 차고로 들어가려는 에이미를 붙잡아 카디건을 벗어 어깨에 둘러주었다. 에이미가 혜선보다 한참 커서 까치발을 해야 했다. 혜선은 카디건 허리춤에 있는 벨트를 매고 밧줄 단면을 에이미 눈앞에 갖다 댔다.

새 부리가 이렇게 말끔하게 밧줄을 자른다고?

그래서 하고 싶은 말이 뭔데.

에이미는 카디건에 묶인 채 퉁명스럽게 말을 뱉었다. 잠이 덜 깬 동그란 얼굴에 흰색 카디건으로 몸을 싸매고 있으니 젖도 못 뗀 아기 때로 돌아간 것 같았다.

사람이 한 짓이야.

세상에 어떤 도둑이 깃발을 잘라 가.

깃발이 필요했나 보지.

깃발을 정 가져가고 싶었으면 다 가져갔겠지. 몇 개를 왜 남겨놨겠어.

경고의 의미가 아닐까? 메시지를 남긴 거지.

세상에, 엄마한테 보낼 메시지가 뭐가 있어?

나한테 산 집이 마음에 안 든다든지.

에이미는 혜선을 내려다보면서 아무 말도 하지 않았다. 두툼한 눈두덩이 아래로 작고 까만 눈동자가 반짝였다.

벌써 세 번째야. 한 달 전에 그러더니 일주일 전에 그러고 오늘 다시. 기간이 짧아지는 것도 이상하잖아.

엄마, 그러지 말고 그냥 떼버려.

에이미는 혜선의 카디건을 입은 채 차고로 들어갔다. 혜선은 차고 문 앞에 서서 잠시 고민했다.

처음 없어졌을 때는 딸의 말대로 그냥 떼버리려고 했다. 쉽게 끊어지지 않는 다른 걸 매달아놓을 수도 있었다. 꼭 티베트 오색 기도 깃발이어야 하는 건 아니었다. 그녀는 티베트에 간 적이 없을 뿐더러 기도자의 깃발이라는 이름에 걸맞게 성스러운 마음을 지닌 적도 없었다. 회사 동료 집에 갔다가 뒷마당에 걸린 오색 깃발이 예뻐 보여서 따라 산 게 다였다. 그러나 자기 집에 직접 걸어놓은 물건이 망가지니 마음이 상했다. 어떻게 된 일인지 반드시 알아내야 했다. 포섬이나 새가 그랬다고 해도 마찬가지였다.

여긴 내 집이고, 이건 내 거야.

혜선은 다시 한번 마음먹었다.

*

오후에 혜선은 사무실을 나와 시티로 향했다. 경매 사회를 맡은 월터가 시티에서 집회가 열리니 대중교통을 타는 게 좋겠다고 해서, 혜선과 월터는 일찍 트램을 탔다. 그날 경매에 오른 아파트는 집회 대열과는 떨어진 서던크로스역 근방에 있었다. 다행히 둘은 집회 대열과 마주치지 않고 아파트에 도착했다.

경매 참여 명단의 이름을 보니 리우나 장, 첸, 푸 같은 성이 즐비했다. 시티의 아파트 경매가 대부분 그렇듯이 오늘도 중국인들의 경매가 될 게 틀림없었다. 얀은 언제나처럼 경매가 시작되기 직전에 나타났다. 혜선이 얀에게 눈짓으로 인사하자 얀이 살짝 미소 지었다.

60만 달러에 시작한 경매가 80만 달러를 넘겼을 때 경매에 참여하는 사람은 웨이 첸이라는 남자와 얀뿐이었다. 결과는 정해져 있었다. 아파트는 86만 달러에 얀에게 낙찰되었다. 월터가 경매가 완료되었음을 알리며 들고 있던 종이 뭉치를 나무망치로 세 번 두드렸다. 혜선은 얀에게 활짝 웃으며 큰 소리로 손뼉을 쳤다.

얀은 혜선의 주 고객이었다. 혜선은 좋은 매물이 나오

면 얀에게 연락했고, 얀은 경매에 나타나면 무조건 집을 샀다. 다른 중국 고객처럼 얀도 경매로 집을 살 때 돈다발을 직접 가져와 집값의 10퍼센트인 계약금을 현금으로 지불했다. 혜선은 참여하는 경매마다 지폐 세는 기계를 가지고 다니면서 얀을 기다렸다.

얀이 혜선을 통해 산 집이 다섯 채가 넘었을 때 혜선은 다른 부동산 에이전트의 조언을 받아들여 얀과 딸을 집으로 초대했다. 얀은 딸이 K-POP부터 K-드라마까지 한국 문화에 빠져 산다고 했다. 혜선은 한국 식당에서 치킨과 김밥을 종류별로 사 와 직접 만든 떡볶이와 함께 차렸다. 에이미도 저녁 식사를 함께했다. 에이미는 두 살 어린 얀의 딸과 금세 친해져 자기 방에 들어가 문을 닫고 놀았다.

딸들이 친해지자 얀과 혜선도 집과 관련 없는 연락을 주고받으며 때때로 만나서 식사할 정도로 가까워졌다. 얀은 싱글 맘끼리 도와야 한다고 자주 말했고 정말로 혜선을 많이 도왔다. 얀을 만나기 전 몇 달간 집을 팔지 못해서 이직을 고민한 혜선으로서는 얀이 은인일 수밖에 없었다. 얀처럼 자신도 싱글 맘이라 다행이라는 생각이 들 정도였다. 물론 얀은 혜선의 집과는 비교도 할 수 없는 부촌의 3층짜리 저택에서 바다를 내려다보며 살았으므로 그들을 같은 싱글 맘으로 여기긴 어려웠지만, 그런 사실은 중요하지 않았다.

에이미가 대학에 가서 사귄 첫 남자친구가 중국계라고 했을 때, 혜선은 얀을 은인으로 떠받들고 산 시간을 돌아보게 되었다. 에이미가 얀의 딸과 어울리는 걸 기특해한 것. 둘의 만남이 뜸하다 싶으면 연락해보라고 부추기고, 얀의 딸을 만나러 간다고 하면 용돈을 두둑이 준 것. 그런 말과 행동이 딸에게 어떤 식으로든 영향을 미쳐서 딸이 결국 중국계 남자친구를 사귀었나 싶었다.

엄마의 주 고객이 중국인이라 중국인을 만나고 중국인과 사귀고 중국인과 결혼하고 중국에 가서 중국인을 낳게 되는 건 아닐까.

혜선은 머릿속에서 펼쳐지는 에이미의 미래를 어떻게 받아들여야 할지 알 수 없었다.

얀의 아파트 매매 서류작업을 돕고 집에 돌아가보니 에이미의 남자친구 케빈이 아직 집에 있었다. 둘은 거실 소파에 눕다시피 앉아 있다가 손을 흔들었다. 에이미는 케빈을 배려하는지 그가 있을 때는 혜선에게 영어로 말했다.

하이, 맘.

혜선은 그들에게 살짝 손을 들어 보였다.

종일 집에 있었냐고 혜선이 묻자 에이미는 케빈과 함께 집회에 다녀왔다고 했다.

시티에 갔어?

에이미가 고개를 끄덕였다. 그날 시티에서 홍콩을 지지하는 반중국 집회가 열렸음을 아는 혜선은 케빈을 보았다. 그는 혜선의 눈빛을 읽었는지 씩 웃었다.

저희는 그냥 구경 갔다 왔어요.

집회를? 구경할 게 뭐 있어?

케빈은 집회에서 찍었다며 휴대폰 사진을 보여주었다. 사진 속에는 집회 행렬이 있었다. 그가 화면을 옆으로 넘기자 하얀색 바탕에 파란색 빗금이 그어진 경찰차가 나타났다. 하얀색과 파란색 체크무늬가 그려진 호주 경찰차와는 조금 다르다고 생각하는 중에 보닛의 한자가 눈에 띄었다.

이게 뭐야?

경찰차잖아요.

아니, 여기 중국어가 쓰여 있는데…….

에이미와 케빈이 동시에 웃음을 터뜨렸다.

중국 경찰차야. 엄마도 오늘 시티 갔다며. 못 봤어?

혜선이 얼굴을 찌푸리자 에이미가 웃음 섞인 목소리로

말을 이었다.

진짜야, 뉴스에도 나왔는데.

에이미가 휴대폰 화면을 두드려 혜선에게 내밀었다. 조금 전에 올라온 호주 신문 기사였다. 멜버른과 애들레이드에서 열린 반중 집회에 중국 경찰차가 나타났다는 내용이었다.

중국 경찰이 순찰을 돌아? 반중 집회에서? 이게 말이 돼?

말이 안 되죠.

케빈이 빙긋이 웃었다.

그런데 진짜로 있더라고요. 우리가 직접 봤어요.

아니, 여긴 호주잖아. 중국이 아니고. 설마 집회하는 사람들 잡아가는 건 아니지?

그냥 차를 대놓고 서 있기만 했어요.

위협하려고? 중국 공안에서 보고 있다, 이런 거야? 믿을 수가 없네. 어떻게 호주 시내 한복판에서 중국 경찰이 돌아다닐 수가 있어?

혜선이 목소리를 높이자 에이미와 케빈이 다시 웃음을 터뜨렸다. 이번에는 서로 팔을 쳐가면서 한참을 웃었다.

아냐, 엄마. 진짜가 아니라 가짜 경찰차래.

가짜 경찰차라는 게 무슨 소리야?

그냥 차에다가 스티커를 붙여놓았나 봐.

인터넷에서 경찰차 스티커를 살 수 있거든요.

앞다투어 말하는 둘의 얼굴은 밝고 맑았다.

미쳤어. 그래서 어떻게 됐는데? 잡혀갔어?

아뇨, 호주 경찰이 물어봤는데, 정치적인 의도는 없다고 했대요.

세상에, 그게 어떻게 정치적이지 않아?

그냥 장난이었대. 여기 기사 봐봐.

에이미가 보여준 다른 기사에는 가짜 경찰차 주인의 인터뷰가 실려 있었다. 그는 중국 경찰차 스티커가 쿨하다고 생각했을 뿐이라고 했다. **쿨하다**는 굵은 글씨체로 강조되어 있었다. 혜선은 에이미의 손에 놓인 문장을 여러 번 읽었다.

너 이 말을 믿어?

못 믿을 게 뭐가 있어?

반중 집회에서 중국 경찰차 스티커를 붙이고 서 있는 게 어떻게 장난이야? 이건 장난이 될 수 없어.

케빈이 어깨를 으쓱했다.

멍청한 장난이죠, 뭐.

에이미가 케빈에게 장난스러운 웃음을 지었다.

우리도 사서 붙일까?

차라리 한국 경찰차 스티커를 붙이자. 중국 경찰차는 이미 했잖아.

둘은 소파에 누워 몸을 붙인 채 휴대폰을 보면서 계속 키득거렸다. 혜선은 휴대폰을 빼앗아 집어 던지고 싶었다.

생각도 하지 마. 경찰 흉내를 내고 다니는 건 불법이야.

아니래. 호주 경찰차처럼 하고 다니면 불법인데 다른 나라 경찰차처럼 하고 다니는 걸 규제하는 법 조항은 없다고 기사에서 그랬어. 보여줘? 지금 다들 외국 경찰차 스티커 산다고 난리 났어.

에이미가 작고 까만 눈을 빛내며 말했다. 혜선을 올려다보는 케빈의 까만 눈에도 장난기가 가득했다. 둘이 가짜 경찰차를 타고 경적을 울려 행인을 놀라게 하고서 깔깔대는 모습이 그려졌다. 혜선은 그들을 번갈아 보다가 문득 에이미와 케빈이 무척 닮았다는 생각이 들었고, 그 생각에 놀랐다.

혜선이 처음 호주에 왔을 때 사람들은 그녀가 중국인이라고 생각했다. 그녀를 조롱하려고 니하오, 라고 외치는 사람도 있었지만, 그녀에게 친절하게 대하려고 셰셰, 라고 말하며 합장하는 사람도 있었다. 혜선은 그때마다 정색하고 아임 낫 차이니즈, 라고 말했다.

혜선이 대학원을 다닐 무렵 늦은 시간 시내를 걷는데 오픈카에 탄 청년 세 명이 그녀에게 니하오!라고 소리쳤다. 금발 고수머리의 남자가 뒷좌석에서 일어나 손을 흔들며 계속 니하오!를 되풀이했다. 그들은 미친놈처럼 웃었다.

당황해서 멈춰 선 혜선은 벌써 저만치 멀어진 그들을 향해 큰 소리로 외쳤다.

나는 중국 사람이 아니야!

혜선이 카페에서 서빙 아르바이트를 할 때 손님들은 그녀에게 커피를 받아 들며 셰셰, 라고 말하고는 그녀가 중국어를 잘한다고 말해주기를 기다렸다.

저는 중국 사람이 아니에요.

혜선은 손님의 눈을 똑바로 마주 보고 분명하게 말했다.

그녀는 자신이 한국 사람이라고 말하기보다 중국 사람이 아니라고 말해야 했다. 혜선의 말에 누군가는 사과했지만 대부분 크게 신경 쓰지 않았고, 같은 일이 반복되었다.

야, 너 중국 사람 같아.

한국에서 혜선과 친구들은 그렇게 서로를 놀리곤 했다. 그런데 호주에 오니 모두가 혜선에게 그렇게 말했다. 혜선은 싫었다. 아시아인을 향한 인종차별적 농담이 중국인에

국한된다는 사실조차 싫었다. 중국인 이름을 우스꽝스럽게 흉내 내 칭, 챙, 총이라고 부르는 사람들에게 킴, 리, 팍을 알려주고 싶었다. 어차피 인종차별을 당할 거면 한국인으로 당하고 싶었다.

내가 진짜 중국 사람처럼 보이나?

혜선은 어느 날 거울을 보면서 스스로에게 물었다. 대답을 찾을 수는 없었다. 질문 자체가 틀렸기 때문이다. 호주 사람은 작은 나라 한국을 잘 몰랐다. 한국을 안다고 해도 중국 사람과 일본 사람과 한국 사람을 구별할 수 없었다. 그저 호주에 중국인이 엄청나게 많았기에, 호주 경제를 중국인이 움직인다고 말할 정도로 많았기에, 중국계 국회의원이 나올 정도로 많았기에 동아시아인을 보면 자연스럽고 당연하게 중국인이라고 생각할 뿐이었다.

20년이 지난 지금 혜선은 중국인이 절대적 갑인 분야에서 일하는 만큼 중국인에게 매우 호의적이었다. 중국인은 돈이 많고 집을 많이 산다. 그리고 집을 사는 방식이 깔끔하다.

중국 사람은 한국 사람처럼 업무가 끝난 밤늦은 시간에 전화해 부동산 에이전트를 아가씨라고 부르며 갑질하려 들지 않았다. 인도 사람처럼 제일 크고 넓은 펜트하우스를 요구하고는 막무가내로 흥정하다가 결국 집을 안 사지도 않았다. 그리스 사람처럼 창틀과 환풍기, 페인트 색까지 하나하나 지적하며 불평을 늘어놓지도 않았다. 아랍 사람처럼 허세를 부리고 감정적으로 호소하다가 다혈질을 폭발시키지도 않았다.

중국인은 요구 사항이 명확했고, 흥정하더라도 결국엔 집을 샀고, 집 매매에 다른 감정을 끼워 넣지 않았다. 얀도 그랬다. 얀은 투자용으로 사려는 집의 조건이 분명해서 조건에 맞는지를 확인하기만 하면 되었다. 혜선을 쓸데없이 괴롭히지 않았다. 다른 에이전트를 통해서 살 수 있는 집을 혜선을 통해 사면서도 생색내지 않았다.

혜선에게 얀이 있듯 다른 부동산 에이전트도 중국인 고객이 있으며 대부분 좋은 관계를 맺었다. 에이전트들은 중국 명절을 챙겼다. 빨간 봉투에 중국어 인사를 붙여서 고객에게 선물했다. 간단한 중국어는 필수적으로 익혔다.

혜선은 더 나아가 중국어를 본격적으로 배웠다.

니하오.

그녀는 이제 얀을 만날 때 능숙한 중국어로 인사하고 안부를 물었다. 얀이 중국어 실력을 칭찬하며 중국인 다 됐다고 말하면 활짝 웃었다.

셰셰.

혜선은 얀의 말을 기쁘게 되뇌었다.

이제 중국인 다 됐네.

그렇게 일해서 에이미의 학비를 내고 집을 샀다. 지금 집으로 이사 오기까지 혜선과 에이미는 한국인 아홉 명이 같이 사는 셰어하우스부터 지은 지 50년이 넘은 허름한 유닛과 흰개미가 갉아 먹는 나무집을 거쳤다. 몇 번이고 한국에 돌아가려 했다. 셰어하우스에서 쫓겨나듯이 나왔을 때는 역이민할 작정으로 한국에 들어가 에이미를 한국 학교에 등록시켰다. 에이미는 학기가 끝날 때까지 친구를 사귀지 못했고, 매일 집에 언제 돌아가냐고 물었다. 이제 여기가 집이라고 하면 울었다. 혜선은 다시 호주로 돌아왔다. 부동산 에이전트로 취업하고도 여러 집을 전전해야 했다. 지금 집을 계약한 날, 에이미가 방에 포스터를 붙여도 되냐고 물었을 때 그녀는 눈물을 참으며 고개를 끄덕였다.

그럼, 이건 진짜 우리 집이야.

그 후로도 오랫동안 혜선은 같은 말을 되풀이했다. 에이미에게, 그리고 자신에게.

지금 혜선은 그때와는 비교할 수도 없이 커버린 에이미

를 가만히 바라보며 다시 한번 생각했다. 에이미와 케빈은 닮았다. 모르는 사람에게 남매라고 해도 믿을 정도로.

그녀는 딸의 얼굴을 오래 보았다. 두툼한 눈두덩이. 까만 눈동자. 작고 낮은 코. 붉은 볼. 셀 수 없이 바라보고 쓰다듬은 딸의 얼굴이 낯설었다. 혜선 안에서도 매우 낯선 감정이 치밀어 올랐다.

*

다음 날 혜선은 사무실에 출근해서 셸리의 자리를 찾았다. 셸리는 렌트를 담당하는 직원이었다. 그녀가 집을 팔면 셸리가 그 집을 세놓았다.

셸리는 홈페이지에 올릴 렌트 광고 문구를 작성하고 있었다. 혜선은 자신이 판 집 사진이 셸리의 모니터에 떠 있는 것을 확인하고 의자를 끌어다 앉았다.

이런 말 조금 그런데…… 그 집 고객이 인도 사람은 싫대.

셸리가 키보드에서 손을 떼고 혜선을 돌아보았다. 그녀는 아무 말 없이 인상을 찌푸리고서 짧은 한숨을 쉬었다. 혜선은 한숨의 뜻을 잘 알았다. 집을 팔거나 임대할 때 특정 국적을 배제하는 건 엄연한 불법이라 적발되면 에이전트 면허가 취소된다.

그렇게 하기는 어렵다고 말했는데, 워낙 고집을 부려서…….

거짓말이었다. 혜선은 전날 고객의 전화를 받고 그저 알았다고 대답한 게 다였다.

한국 사람이 인도 사람에게 집을 빌려주기 싫어하는 건 하루 이틀 일이 아니었다. 호주에서 집을 임대로 내놓은 한국 사람은 대부분 그런 조건을 내세웠다. 인도 사람에게 집을 빌려주면 친척의 친척을 모두 불러와 살면서 집을 엉망으로 만들며, 이사를 나가고도 몇 달 동안 커리 냄새가 빠지지 않아서 내벽 페인트칠을 새로 해야 한다고 했다.

혜선은 한국 사람도 똑같은 짓을 한다고 말하고 싶었지만 참아야 했다. 집을 렌트해서 방을 쪼개고 거실과 베란다, 심지어 옷장까지 따로 세를 줘서 한국인 셰어하우스를 만드는 경우가 얼마나 많은지 말하고 싶었다. 김치에 된장에 독한 냄새를 풍기는 음식을 매일 요리하는 통에 이웃의 항의를 받는다고 말하고 싶었다. 그러나 그런 말을 할 수는 없었다.

네, 인도 사람은 거르라고 할게요.

그렇게 말했을 뿐이었다.

신경 좀 써줘. 어차피 블라인드로 진행할 거잖아.

셸리는 대답 없이 다시 모니터로 고개를 돌렸다. 혜선은 그녀의 어깨를 두드리고 자리를 떴다. 더 기다릴 필요는 없었다. 이미 대답을 들은 거나 마찬가지였다. 셸리는 가장 높은 렌트비를 제출한 인도 사람에게 다른 사람이 더 높은 렌트비를 써 냈다고 거짓말할 것이다. 부동산 에이전트는 고객의 요구를 거절할 수 없다. 그건 이 업계의 불문율이었다.

자리로 돌아와 건설사에서 새로 들어온 매물을 확인하는 중에 얀이 좋아할 아파트를 발견했다. 시내의 투베드룸 신축 아파트 26층이었는데, 야라강 변에 위치해 전망이 좋았다. 얀이 원하는 조건을 빠짐없이 충족하는 집이었다.

전날 얀이 야라강 변 아파트 나온 거 없냐고 물은 걸 기억하며 곧장 아파트 사진을 보내려고 메일 창을 열었지만 키보드에 손을 올려놓은 채 아무 문장도 쓰지 못했다. 무엇을 고민하는지도 모른 채 모니터를 바라보았다. 그때 문에 달린 종이 울리며 외근을 마친 월터가 들어왔다.

다들 오늘 시내로 가지 마세요.

월터는 집회 행렬에 끼여 길바닥에서 시간을 다 버렸다고 투덜거렸다.

아주 난리가 났어요.

혜선은 잠시 더 고민하다가 얀의 메일 주소가 떠 있는 모니터를 끄고 자리에서 일어났다.

*

집회가 열리는 빅토리아 주립 도서관은 누런빛을 띠는 돌로 지어진 고전적인 양식의 건물이었다. 건물 중앙에는 파르테논신전을 연상시키는 배흘림기둥이 삼각형 돌벽을 받치고 있었고, 앞에는 영국 식민지 시절의 판사로 알려진 남자의 동상이 보였다. 동상 아래로는 서른 명이 나란히 앉을 만한 너비의 계단이, 양쪽으로는 경사진 잔디밭이 펼쳐졌다. 집회 행렬은 양쪽 잔디밭으로 나뉘어 있었다.

왼편 잔디밭에는 '민주주의'나 '홍콩에 자유를' 구호가 쓰인 플래카드를 든 사람 수백 명이, 오른편 잔디밭에는 중국 국기를 휘날리는 사람 수백 명이 있었다. 홍콩을 지지하는 반중국 집회가 왼편에 열리고 그에 반대하는 사람들이 오른편에 결집한 것 같았다.

반중국 집회 참가자는 마스크에 선글라스를 썼으며, 친중국 집회 참가자는 얼굴을 내놓고 있었다. 홍콩을 지지하는 이들의 얼굴이 알려지면 안 되는 이유가 있을 거라고 추측했다. 친중 진영의 사람들처럼 반중 진영의 사람들도 머리카락이 검었다. 얼굴을 온통 가리고 있어서 확인할 수 있는 건 그뿐이었다.

저는 홍콩에서 왔습니다. 우리는 우리 도시를 구하러 왔습니다.

반중 진영에서 파란색 마스크에 모자를 깊이 눌러쓴 여자가 앞으로 나와 외쳤다.

홍콩에 자유를!

여자에 이어 왼편 사람들이 함께 외쳤다.

홍콩에 자유를!

연이은 외침에 오른편 중국 국기가 거세게 펄럭였다.

중국은 하나입니다. 중국은 위대합니다.

중국 국기를 들고 선두에 선 남자가 외쳤다. 잔뜩 쉰 목소리가 갈라졌다.

홍콩은 중국입니다.

남자의 선창으로 오른편 사람들이 노래를 불렀다. 혜선은 그게 중국 국가라는 걸 알았다. 영국 식민지 시절의 판사 앞에서 중국 국가가 울려 퍼지는 동안 반중 진영의 사람들은 구호를 외쳤다.

홍콩에 자유를!

홍콩에 자유를!

홍콩에 자유를!

중국 국가가 끝나자 반중 진영의 구호가 더 커졌다. 고성과 함께 중국 국기가 계단을 넘어 왼편 잔디밭으로 돌진했다. 가장자리에서 집회를 지키던 경찰들이 대응하기도 전에 두 진영이 엉켰다. 플래카드가 찢기고 팻말이 부러졌다. 사람들이 비명을 지르며 밀치고 잡아당기고 쓰러졌다.

크고 작은 깃발이 솟아올랐다가 사라지기를 반복했다. 빨간색 중국 국기와 파란색 호주 국기가 있었다. 노란색 바탕에 빨간색 줄무늬가 그어진 남베트남 깃발과, 파란색 바탕에 하얀색 달과 별이 떠 있는 위구르 깃발이 있었다. 깃발이 힘없이 나부끼는 와중에 혜선은 티베트 오색 기도 깃발을 발견했다. 순간 숨이 멎었다. 바닥에 떨어져 짓밟힌 오색 깃발 위에서 계속 충돌이 벌어졌다.

하나의 중국.

홍콩은 중국이다.

티베트는 중국이다.

군중의 외침이 귀를 파고들어 혜선의 머리를 헤집어놓

았다. 그녀는 몸을 돌려 인파를 빠져나왔다. 차량이 통제된 도로를 뛰다가 느닷없이 나타난 차에 치일 뻔했다. 주저앉아 자신을 위협하는 불빛을 마주 보았다. 차 위에 달린 빨간 경광등. 차가 어떤 모양인지, 빗금이 그어져 있는지 체크무늬가 그려져 있는지, 보닛에 무슨 글자가 쓰여 있는지 확인하기도 전에 차는 사라졌다. 사방을 돌아보았지만 경찰차는 어디에도 보이지 않았다.

*

그날 밤, 혜선은 시끄러운 소리에 잠에서 깼다. 벌떡 일어나 블라인드를 들춰 밖을 살폈다. 집 앞에서는 아무런 형체도 발견할 수 없었다. 소리는 집의 옆을 돌아 뒤쪽으로 향했다. 그녀는 에이미 방으로 뛰어가 뒷마당 쪽으로 난 창문의 블라인드를 올렸다. 거기, 에이미와 케빈이 서로를 끌어안고 비틀거리며 차고 문 앞에 붙어 있었다.

에이미는 잔뜩 쉰 목소리로 알 수 없는 말을 중얼거렸다. 케빈은 노래를 낮게 흥얼거렸다. 에이미가 열쇠를 찾는지 주머니를 뒤지다가 어깨에 멘 백을 뒤집어 털었다. 잡동사니가 요란하게 바닥에 떨어졌다. 그녀가 바닥에 쭈그리고 앉아 온갖 물건들 사이에서 열쇠를 찾는 동안 그는 계속 노래를 흥얼댔다.

혜선은 창문에 귀를 갖다 대고 그의 노래를 들었다. 중국 국가처럼 들리는 동시에 전혀 그렇게 들리지 않았다.

에이미가 결국 열쇠를 찾지 못했는지 화분 아래에서 스페어 키를 꺼내 차고에 들어간 뒤, 혜선은 쇼핑백을 챙겨서 뒷마당으로 나갔다. 바닥에 널브러진 물건을 쇼핑백에 넣어 차고 문고리에 걸었다. 집으로 들어가기 전에 의식을 행하듯 천천히 고개를 돌려 제자리에 매달려 있는 깃발을 확인했다. 이가 덜덜 떨렸다. 그제야 잠옷 바람으로 밖에 나왔음을 깨달았다.

*

다음 날 오전, 혜선은 얀과 이른 점심을 먹으려고 시티의 차이나타운으로 향했다. 얀이 좋아하는 식당이 차이나타운으로 들어가는 길목에 있었다. 식당 내부는 기와로 장식한 아치형 가벽으로 공간이 나뉘었다. 얀은 가장 안쪽 테이블을 예약해놓았다. 푸른빛 산수화가 그려진 대리석 테이블에 둘은 마주 보고 앉았다. 천장의 빨간 등불 때문에 얀의 얼굴이 상기돼 보였다.

평소처럼 얀이 음식을 주문하고 혜선에게 음료수를 먹겠냐고 물었다. 혜선이 괜찮다고 답하자 얀은 자기 몫으로 화이트와인을 한 잔 주문했다.

월터에게 매물 하나를 소개받았어요.

얀이 혜선에게 휴대폰을 내밀었다. 화면에는 혜선이 전날 확인한 야라강 변의 아파트가 있었다. 혜선은 당황한 얼굴을 들키지 않으려 애썼다.

월터는 내가 이 매물을 몰랐다니 놀라더라고요. 좋아 보이는데 어떻게 생각해요? 투자할 만할까요?

얀은 보통 혜선에게 의견을 물어보지 않았다. 혜선이 추천한 매물에 대해 질문하는 경우도 드물었다. 얀이 궁금해할 정보를 혜선이 먼저 알려주기도 했지만, 얀은 인스펙션에 참여해 매물을 꼼꼼히 살펴보고 직접 결정하기를 좋아했다.

네, 괜찮아 보이는데 직접 봐야 되겠죠.

인스펙션 때 혜선 씨도 올 거예요?

그 아파트 광고에 혜선이 담당 에이전트로 나와 있는 것을 얀도 이미 확인했을 것이다. 혜선은 양쪽으로 입꼬리를 잡아당겼다.

네, 얀 씨가 오면 만나게 되겠네요.

요리가 나왔다. 바닥을 바싹 구운 포크번과 내장탕, 생선튀김, 공심채볶음 모두 얀이 이 식당에 올 때마다 주문하는 메뉴였다. 그중 얀은 대표 메뉴인 생선튀김을 가장 좋아했다. 팔뚝만 한 생선에 볼록볼록한 튀김옷을 입혀 비늘이 온통 일어난 것처럼 꾸민 음식으로, 머리와 꼬리를 세워 올리고 칠리소스를 피처럼 흥건히 뿌려놓아 혜선은 보기조차 싫었다.

딸도 인스펙션에 같이 갈 거예요. 이번에는 딸 이름으로 살 거거든요.

얀은 생선튀김 접시를 혜선 쪽으로 밀면서 말했다.

걔도 이제 열여섯 살이니까 투자를 배울 때가 됐잖아요.

혜선은 붉은 생선튀김을 나이프로 잘라 개인 접시로 옮기면서 얀의 딸을 떠올렸다. 그 아이는 에이미를 잘 따랐다. 에이미처럼 되고 싶다며 앞머리를 똑같이 잘랐다. 그러나 얀의 딸은 에이미가 될 수 없다. 아무리 한국 노래를 듣고 한국 드라마를 보며 치킨을 시켜 먹어도 한국 사람이 될 수 없다. 에이미 역시 중국 남자친구를 사귀고 중국 집회에 다니더라도 중국 사람이 되지 않을 것이다. 에이미는 붉은 생선튀김을 끔찍해할 것이다. 혜선은 확신하면서 생선튀김을 입 안으로 밀어 넣었다.

음식을 대부분 남기고 식당을 빠져나오며 얀이 물었다.

오늘 차 가지고 왔어요?

그녀의 목소리는 여느 때처럼 다정했다. 혜선이 아니라고 하자 얀은 난감하다는 표정을 지었다.

어쩌죠? 나는 차를 가져오긴 했는데 혹시 집회를 할까 봐 멀리 주차해놨어요. 데려다주기는 어렵겠어요.

아니에요, 괜찮아요.

혜선은 손을 크게 내저었다.

오늘은 집회를 안 하는 것 같던데 이럴 줄 알았으면 근처에 주차할걸.

저는 정말 괜찮아요.

얀은 고개를 이리저리 흔들었다.

집회를 언제까지 할지 모르겠어요. 주말마다 이러니 경매를 다니기가 쉽지 않아요.

그러게요.

혜선은 얀과 반중 집회에 대해 이야기할 생각이 없었다. 오늘 식사 자리에 나오기 전에 그 주제를 피해야겠다고 마음먹었는데 자기도 모르게 어제 집회를 봤다는 말이 튀어나왔다.

그래요?

네, 쉽게 끝날 것 같지 않더라고요.

그녀는 집회에서 본 티베트 오색 기도 깃발을 떠올렸다. 비명과 함께 짓밟힌 깃발을 떠올렸다.

정말 바보 같은 짓이에요.

얀의 말에 혜선은 고개를 끄덕였다. 얀이 반중 집회에 동의하지 않으리라는 건 충분히 예상할 수 있었다. 여느 중국인처럼. 그녀가 빨간 국기를 흔들며 중국은 위대하다고 소리치는 모습이 그려졌다. 그러나 얀의 대답은 예상 밖이었다.

나는 중국 정부가 정말 싫어요.

혜선은 얀의 얼굴을 살폈다. 얀이 자신을 떠보는지, 아니면 정말로 홍콩을 지지하는지 알 수 없었다.

얀 씨가 진보인 줄은 몰랐네요.

진보라뇨. 저는 정치에 관심이 없어요. 정치보다 돈이 중요하죠.

정부가 싫다길래 반정부적인 생각을 가진 줄 알고…….

반정부는 맞죠.

혜선은 얀이 무슨 말을 하는지 점점 더 알 수 없었다.

내가 어렸을 때 아버지가 항상 그랬어요. 잘하는 게 하나도 없으면 정부를 위해 일하라고. 잘하는 게 하나라도 있으면 그걸로 돈을 벌라고.

얀은 맑은 얼굴로 말을 이었다.

중국 정부는 무능한 사람들이 일하는 곳이에요. 큰돈을 벌 수 없죠. 큰돈을 버는 사람들을 제재하기 바빠요. 어떻게든 그 돈을 뺏으려고.

혜선은 여전히 얀의 말을 이해할 수 없었지만 고개를 끄덕였다. 얀은 빙긋이 웃으며 혜선의 어깨에 손을 얹었다.

그래서 나는 여기서 돈을 벌고 있어요. 혜선 씨한테 집을 사서. 아, 이번엔 월터 씨가 나를 도와줬고요.

얀은 월터의 이름을 천천히, 분명하게 발음했다.

*

집에 돌아와보니 점심때였다. 차고 문고리에 쇼핑백이 그대로 걸려 있었다. 에이미와 케빈은 아직도 자는 듯했다. 혜선은 뒷문을 통해 집으로 들어가려다 깃발이 사라진 것을 발견했다. 이번에도 밧줄 가운데 부분이 끊어져 양쪽으로 늘어져 있었다. 차고 문을 거칠게 두드렸다.

맨다리에 헐렁한 맨투맨 티셔츠를 걸친 에이미가 문을 열었다. 혜선은 에이미를 밀치고 차고 안으로 들어섰다. 옷을 입지 않은 케빈이 침대에서 반쯤 일어나 혜선을 바라보았다.

나가.

그녀가 케빈에게 말했다.

당장 나가.

에이미가 혜선에게 뭐 하는 거냐고 영어로 물었다.

너 집에서는 한국말 하랬지.

혜선이 에이미에게 쏘아붙이고 다시 그에게 나가라고 말했다. 케빈은 욕설을 중얼거리며 일어나 속옷을 주웠다. 티셔츠와 청바지를 천천히 입었다. 혜선은 그 아이의 마르고 단단한 몸에서 눈을 피하지 않았다.

엄마, 왜 이래?

에이미가 혜선의 팔을 붙잡았다.

티베트 깃발이 또 없어졌어.

뭔 소리야?

난 이제 더 못 참겠어.

아니, 그러니까 왜 케빈한테 그러냐고.

어제 반중 집회에 갔는데 거기 티베트 깃발이 있었어.

그게 뭐?

중국은 티베트가 독립국가라는 걸 인정하지 않으려고 하잖아. 그러니까 친중국파에게는 티베트 깃발이 반중이고…….

오 마이 갓. 그래서 케빈이 친중이라 뒷마당 깃발을 떼기라도 했다는 거야?

에이미는 눈을 위로 굴렸다.

정말 끔찍하다, 엄마.

그녀는 영어로 빠르게 불평을 내뱉고는 청바지를 주워 입고 점퍼를 걸쳤다. 케빈을 잡아끌고서 차고를 나섰다. 혜선은 차고에 남아서 이불이 제멋대로 뭉쳐 있는 침대에 털썩 앉아 깊은숨을 뱉었다.

*

9월, 날이 점점 따뜻해질 무렵 혜선은 뒷마당의 유칼립투스 나무를 가지치기하다 뒤편 덤불 안쪽에서 티베트 오색 기도 깃발을 발견했다. 깃발은 부러진 나뭇가지, 지푸라기, 깃털, 회색 털 뭉치와 엉켜 있었다. 새가 둥지를 만들 재료를 모아놓은 듯했다. 한눈에도 수십 장은 되어 보이는 깃발을 덤불 안에 내버려두고 가지치기를 끝마쳤다. 집으로 돌아가 저녁을 준비해야 했다. 에이미가 새 남자친구를 데려오기로 되어 있었다.

한국인의 밤

클로이 최가 아버지에게 한복 패션쇼 얘기를 들었을 때 처음 떠올린 것은 주방 간이 테이블에 놓인 사진이었다. 사진 속 클로이는 코가 빨갰고 한눈에도 큰 한복을 입고 활짝 웃고 있었다. 다섯 살 때였는데 그날의 기억은 또렷했다. 한글학교 연말 발표회에서 클로이 반은 부채춤 공연을 했다. 프릴 원피스를 입고 간 클로이는 전부 한복을 입은 반 친구를 보고 울음을 터뜨렸다. 교장은 시를 낭송하는 고학년 학생의 한복을 벗겨다 클로이에게 입혔다. 노란색 저고리 소매는 둘둘 접어 올렸고 빨간색 치마는 어떻게 할 수 없어 바닥에 질질 끌리는 대로 두었다. 그녀는 당장 울음을 그쳤다. 교장은 움직이지 말고 뒤에 서서 부채만 흔들라고 당부했다. 색색의 한복을 입은 친구들과 이리저리 부채를 흔들어대면서 신난 클로이는 무리를 따라 자리를 옮기다 넘어지는 바람에 얼굴이 바닥에 부딪혔다. 클로이의 아버지는 식당을 비울 수 없어 발표회에 참석하지 않았다. 교장에게 전화로 그녀의 코가 빨간 이유를 듣고서 교장이 보낸 사진을 인화해 액자에 껴놓았다. 그 후로 한복을 입은 적이 없는 클로이는 한복 패션쇼가 우스꽝스럽게 느껴졌다.

네가 모델로 설 거야.

한복 모델? 내가?

그녀가 되묻자 아버지는 상기한 얼굴로 리플릿을 내밀었다. '한국인의 밤'이라는 제목 아래 시간별 프로그램이 나와 있었다. 한복 패션쇼 외에도 사물놀이와 태권도 시범, 부채춤, 비보잉 공연이 줄을 이었다. 그는 엄청나게 큰 행사라고 강조했다. 한국전 휴전 60주년 행사를 호주의 전쟁 기념일인 앤잭데이에 맞춰서 하는 거라 한국전에 참전한 호주 군인들이 전원 초대받았고, 양국 지도층 인사와 장관까지 온다고 했다.

너 아트센터 해머홀 알아?

클로이는 고개를 저었다.

2400석 규모야. 이렇게 큰 행사는 처음이라고. 한인회부터 영사관, 한국문화원, 한글학교 연합회, 한인 교회 연합회가 동원될 거야. 빅토리아주에서 한자리하는 한인들은 다 온다고 생각하면 돼.

그녀는 그제야 아버지의 속마음을 눈치챘다. 그는 빅토리아주 한인회 임원이었다. 아버지의 표현에 따르면 한자리하고 있는 셈이었다. 그의 지위를 과시하기에 이보다 더 좋은 기회는 없을 것이다.

그날이 앤잭데이니까 오전에는 퍼레이드가 있잖아? 거기서도 한복 입고 한국전 참전 군인들하고 같이 행진하는 거야. 호주 일간지에서도 엄청 크게 실어주기로 했어.

그렇게 큰 행사에 내가 어떻게 서?

아빠만 믿어.

아버지는 사진 속 클로이처럼, 몸에 맞지도 않는 한복을 입고 신난 다섯 살 아이처럼 활짝 웃었다.

*

행사 전날 아버지가 퍼레이드에서 입을 한복을 미리 받아 왔다고 했다. 클로이는 대학 수업을 마치고 식당으로 향했다. 아버지의 일식당은 코리아타운에서 얼마 떨어져 있지 않아서 식당에 갈 때마다 일부러 코리아타운을 통과했다. 코리아타운을 찾는 한국 여자는 호주 여자가 잘 입지 않는 박시한 옷을 입었다. 중성적인 짧은 머리. 피부는 하얗게, 볼과 입술은 붉게 바르는 화장.

이랏샤이마세!

클로이가 식당에 들어가자 하늘색 기모노 상의에 검은색 스커트를 입은 종업원이 외쳤다. 2시가 넘어 식당은 한산했다. 열두 테이블 중 두 테이블에만 손님이 앉아 있었다. 양손에 음료수병을 든 종업원은 클로이를 알아보고 안도하는지 당혹스러워하는지 알 수 없는 표정을 지었다.

교자 오네가이시마스!

아버지의 목소리가 홀에 울렸다. 종업원은 테이블에 음료수병을 내려놓고 주방으로 뛰어갔다. 종업원이 교자를 내간 후에 클로이도 아버지에게 인사하러 주방에 얼굴을 들이밀었다. 그는 언제나처럼 일본어가 옷깃에 새겨진 푸른색 기모노 상의를 입고 머리에 두건을 두른 모습이었다.

곤니치와!

아버지는 경쾌하게 인사하고는 직원 탈의실로 쓰이는 2층에 올라가 있으라고 한국어로 속삭였다. 그는 한국인을 직원으로 쓰면서도 홀에서 한국어 사용을 금지했다. 한국인이 하는 일식당이라면 아무래도 가짜처럼 보인다는 거였다. 일본인이 운영하는 진짜 일본 식당으로 비치기를 원했다. 그래서 모든 직원이 일본 옷을 입고 인사부터 주방에 주문을 넣는 것까지 일본어로 외쳤다. 직원들은 예약을 확인하거나 제자리에 없는 소스 통을 찾을 때 입을 가리고 속닥거렸다.

클로이는 2층으로 올라갔다. 아무렇게나 쌓은 식탁과 의자 사이사이에 침대와 옷걸이, 전신 거울이 놓여 있었다. 그녀는 어렸을 때부터 여기서 아버지를 기다리며 시간을 보냈다. 가운데 바닥이 뚫려 있어 난간에 기대면 아래층이 보였다. 하이스쿨에 다니는 내내 식당으로 하교한 클로이는 디너 타임이면 난간에서 1층을 지켜보았다. 손님들이 메뉴판을 책 읽듯이 살피고, 꽃이 점점이 박힌 접시에 내온 음식에 감탄사를 내뱉고, 사케를 홀짝였다. 하늘색과 분홍색 기모노 상의를 입은 직원이 테이블 사이를 바쁘게 오가며 주문을 받고 접시를 나르고 빈 잔을 치웠다. 일본어가 유창한 손님이 가끔 직원에게 일본어로 말을 걸었다. 오이시나 아리가또에는 직원도 아리가또 고자이마스, 하며 생긋 웃고 자리를 피하면 그만이었지만 문장이 길어지면 클로이의 아버지에게 도움을 청했다. 그는 본인 주장에 따르면 일본인도 한국인임을 알아채지 못할 만큼 일본어를 잘했다. 아버지가 일본어로 손님을 응대할 때 클로이는 난간에 배를 걸치고 허리를 깊이 숙여 그의 말에 귀를 기울였다. 일본어를 하는 아버지의 얼굴을 보고 싶어서 몰래 계단 아래로 내려간 적도 있다. 눈은 반짝이고 얼굴에는 자신감이 가득했다. 한국어로 말할 때는 지쳐 보였다. 영어로 말할 때는 화난 듯 잔뜩 굳은 얼굴로 클로이를 바라봤다. 뭐라도 말해보라고 손짓하면서.

그녀는 아주 어릴 때부터 통역사 노릇을 했다. 아버지를 대신해 햄버거를 주문했고, 인터넷 요금제를 바꿨고, 주택자금 대출 이자율을 문의했고, 대장내시경에 관한 지시사항을 들었다. 식당으로 날아오는 벌금 용지를 광고지인 줄 알고 몇 달 동안 무시하다가 영장을 받은 이후로는 집과 식당에 배달되는 편지가 모두 클로이의 몫이 되었다. 사실 한국어로 어떻게 말해야 하는지 그녀도 대부분 알지 못해서 사전을 자주 찾아봐야 했다. 한참 휴대폰을 뒤지고 나서야 세금 납부 방법을 설명하면, 아버지는 기본적인 한국어도 모르냐며 질책했다. 그녀는 기본적인 한국어도 모르는 사람한테 부탁하지 말라고 화내는 대신 새로 배운 단어를 되뇌었다.

한복 패션쇼를 준비하면서는 저고리라는 단어를 배웠다. 클로이는 '저고리'를 중얼거리며 옷걸이에 걸린 한복을 꺼냈다. 흰 바탕에 손바닥만 한 빨간 꽃이 여러 개 그려진 저고리 앞섶에는 분홍색 끈이 달려 있었다. 치마는 빨간색 시스루 천이 여러 겹 덧대어진 형태였다. 가장 바깥 천에는 금색 실로 수놓인 작은 꽃이 한가득이었다. 티셔츠를 벗고 한복을 입어보았다. 저고리는 몸에 딱 맞아서 소매를 접을 필요가 없었지만 치마는 길어서 바닥에 끌렸다. 거울에 모습을 이리저리 비춰보다가 한복을 입은 채 침대에 누웠다. 빳빳한 옷감이 사각거렸다. 침대 옆 옷걸이에 손을 뻗어 직원용 기모노 상의를 만져보았다. 한복과는 전혀 다른 부드러운 천이었다. 밝은 하늘색 바탕에 하얀 실로 수놓인 자잘한 꽃 사이사이에 간장 소스가 점점이 묻어 있고 정체 모를 얼룩이 퍼져 있었다.

런치 타임이 끝났는지 한 종업원이 2층으로 올라왔다. 클로이가 몸을 일으켰다. 자기보다 다섯 살이 많다고 들어서 고개를 꾸벅 숙이며 안녕하세요, 인사했는데 종업원은 고개만 까닥이고 별다른 대꾸가 없었다. 평소에도 마주칠 때마다 인사만 주고받았을 뿐 대화해본 적이 없었다. 침대에 다시 누우려는데 종업원이 기모노 상의를 벗으면서 입을 열었다.

고름을 잘못 맸어요.

고름……요?

종업원은 베이지색 후드티를 걸치고는 클로이 옆에 앉았다.

이거요.

그녀는 클로이가 나비 모양으로 매듭지은 저고리 끈을 가리켰다.

이렇게 리본을 매는 게 아니고 한쪽으로만.

아, 감사합니다.

클로이는 인터넷으로 찾아봐야겠다고 생각하며 고개를 끄덕였다.

이런 말을 할 필요는 없지만, 저 내일부터 안 나와요. 사장님한테 말은 안 했는데…… 아무튼 그만둘 거예요.

종업원은 후드를 뒤집어써서 얼굴이 보이지 않았다.

혹시 말 나오면 시급 안 올려줘서 그만둔다고 말해줘요. 최저시급도 안 주면서 팁까지 떼먹는 건 너무하지 않냐고도 말해주면 더 고맙고요. 그리고, 말이 나와서 하는 얘긴데…… 이건 한국인끼리 가족처럼 지내자면서 등쳐먹는 것밖에 더 돼요?

종업원은 곧장 일어나 1층으로 내려갔고, 이내 유리문에 달린 종이 울렸다. 클로이는 바로 사전을 열어 '등쳐먹다'를 검색하고는 1층으로 뛰어 내려갔다. 계단에서 넘어지지 않으려고 치마를 양손으로 올려 잡았다. 식당 앞에서 주위를 살펴보니 종업원이 보이지 않았다. 코리아타운 쪽으로 달렸다. 그녀를 따라잡아 등쳐먹는다는 말은 너무 심하지 않냐고 쏘아붙일 작정이었다. 그건 착취한다는 의미였다. 우리 아빠가 언니를 언제 착취했어요? 급여가 밀린 적이 있어요, 급여를 적게 준 적이 있어요? 시급은 합의해서 정했잖아요? 따지고 싶었다. 언니야말로 영어 못 하니까 한국인 식당에서 낮은 시급 받고 일하면서 왜 우리 아빠 나쁜 사람 만들어요? 언니 타국에서 혼자 지내는 게 불쌍하다고 아빠가 남은 음식 줄 때는 감사하다고 챙겨 가놓고 사람을 이렇게 배신해요? 그러나 끝내 종업원을 찾지 못했다. 코리아타운 한가운데 멈춰 서서 숨을 골랐다.

워홀이라서 그래.

클로이가 혼잣말했다.

어차피 떠날 애들이야. 책임감이 없고 남 핑계만 대다 도망가버리지.

치맛자락을 움켜쥐고 아버지의 말을 떠올렸다. 식당 직원 대부분은 유학생이거나 워킹홀리데이비자가 있었는데 다들 결국 영주권을 따지 못해서 한국으로 돌아갈 애들이라고 했다. 그러니 책임감을 기대해서도 안 되고, 정을 주어서도 안 된다고 했다. 그는 호주에 사는 한국인을 영주권자 이상, 이하로 나누었다. 영주권자와 시민권자만이 호주 이민의 고충을 나누며 서로 도울 수 있다는 것이 그의 주장이었다. 클로이가 새 친구를 사귀면 친구가 한국인인지 물은 다음 영주권이 있는지 물었다. 연애에 있어서는 더 말할 것도 없었다. 영주권이 없는 남자는 절대 만나지 말라고 했다.

네 시민권을 노리고 접근하는 거야.

아버지는 그렇게 말하곤 했다. 클로이의 가장 큰 장점이 시민권이라는 듯이.

딱히 아버지에게 반항하려 한 건 아니었지만, 그녀는 이제껏 영주권이 없는 남자만 만나왔다. 학교에서는 보통 한국 유학생이나 어렸을 때 이민 온 한국 애들과 어울렸다. 수업 시간에 손을 드는 법이 없지만 수학 시험에서 늘 만점을 맞는 아이들. 쉬는 시간이면 K-POP 가수의 사진을 돌려 보고 방과 후에는 시내의 한국 카페에 가는 아이들. 사실 클로이는 여자처럼 화장한 K-POP 가수 따위에는 관심이 없었고 한국을 잘 알지도 못했으며, 그 애들이 암호처럼 사용하는 한국어보다 영어가 편했는데도 그들과 어울렸다.

항상 그런 것은 아니다. 초등학교에 다닐 때는 친구가

대부분 금발에 파란 눈이었다. 뒷마당에 점핑캐슬을 설치한 생일 파티에 초대되어 가곤 했다. 그런데 하이스쿨에 진학해서는 신기하게도 인종으로 무리가 갈렸다. 취향이 같지도 않고 성격이 비슷하지도 않은 아이들이 피부색이 같다는 이유로 어울려 다녔다. 그렇게 친해진 친구들은 클로이가 ABK(Australian Born Korean)라고 했다. 그 무렵 아버지의 말을 다시 생각하게 되었다. 어릴 때부터 아버지는 그녀가 호주인이 아니라고 말하곤 했다.

네가 너를 호주인이라 생각해도 누구도 너를 호주인으로 보지 않아. 아시안이라고 생각하지. 네 얼굴이 그래.

클로이는 하이스쿨에 다니면서 문득 친구들의 얼굴을 빤히 바라보곤 했다. 새카만 눈. 직선으로 뻗은 굵은 머리칼. 주근깨가 덮이지 않은 볼. 땀이 맺히는 코. 그들의 얼굴이 바로 자신의 얼굴이었다. 그 얼굴 때문에 그녀는 헤비메탈 공연장에서 줄을 서고 부모가 없는 집에서 마약을 하며 파티하는 대신, 한인 학원에 다니고 한국인 의대생에게 과외를 받으며 의대 입시를 준비했다. 클로이의 의대 합격 소식을 들은 아버지는 며칠간 한국 친지들에게 전화를 돌려 타지에서 하는 고생을 이렇게 보상받는다고 반복해서 말했다.

의대에 진학해서는 점핑캐슬에서 같이 뛰던 백인 친구들을 완전히 잊어버렸다. 호주의 대학이었지만 사실상 중국인, 인도인, 한국인의 대학이었다. 클로이는 의대의 또 다른 ABK들과 어울려 한국 식당에서 한국식 양념 치킨과 소주를 먹었다. 그 식당에 얼마나 자주 갔던지 그녀를 기억해 달걀찜을 무료로 주는 직원도 있었다. 그와 잠깐 사귀기도 했는데, 그는 클로이가 교포처럼 보인다고 했다. 화장이나 옷차림 때문이 아니라 얼굴이 미묘하게 다르다고 했다. 그 미묘함이 너무나 분명해서 한국에 간다면 모두 그녀가 교포임을 알아볼 거라고, 그런 얼굴이 너무 매력적이라고 했다.

그녀는 코리아타운의 한국 술 광고 포스터 사이 유리창에 비친 자신을 바라보았다. 한복을 입은 모습이 무척 낯설었다. 전 남자친구의 말대로 클로이의 얼굴은 식당에 붙은 포스터 속 여자와 매우 달라 보였다. 그들은 교포가 아닌 진짜 한국인일 터였다. 식당에서 밥을 먹는 무리가 클로이를 쳐다보았다. 너무나 분명하게 한국인이 아닌 사람이 한복을 입고 있어서겠지. 그녀는 돌아서서 고름을 풀고 한쪽으로 묶었다.

*

앤잭데이에 가장 인기가 많은 행사는 참전군인 행진이다. 2차 세계대전과 한국전, 베트남전에 참전한 호주 퇴역군인과 그들의 가족이 현역 군인과 함께 시내를 행진한다. 세계대전에 참전하여 공을 세운 군인 한 명이 대열 가장 앞에서 휠체어에 탄 채로 손을 흔들며 지나가면 양쪽 길가를 메운 인파가 박수와 환호를 보낸다. 그 뒤로 참전 군인 수천 명이 지팡이나 휠체어에 의지해 천천히 이동한다. 박수소리가 끊이지 않는 가운데 나이가 지긋한 이들이 눈물을 흘린다.

클로이는 학교에서 앤잭데이 행진을 배웠고 사진도 자주 보았으나 한 번도 직접 가본 적은 없었다. 아버지 역시 참석은커녕 언급조차 한 적이 없었지만, 올해의 앤잭데이 행진은 달랐다.

오전 8시, 행진 시작 한 시간 전에 클로이와 아버지는 영사관 직원, 한국 주간지 기자와 페더레이션 광장으로 들어섰다. 클로이는 양손으로 한복 치마를 들어 올린 채 광장을 가득 메운 플래카드와 깃발을 둘러보았다. 그곳에 쓰인 참전 국가와 부대명은 모두 달랐지만, 구호는 같았다.

They shall grow not old. We will remember them.

그들은 늙지 않을 것이다. 우리는 그들을 기억할 것이다.

앞서 걷던 영사관 직원이 노란 플래카드 앞에서 걸음을 멈추었다. 클로이는 참전 국가와 부대명을 읽었다.

KOREA, 1950-1953.

KAPYONG BATTALION 가평대대

플래카드 뒤로 왼쪽 가슴에 훈장을 잔뜩 단 노인이 모여 있었다. 그들의 자녀로 보이는 사람들이 노인 옆을 지켰고, 아마도 손주일 아이들이 교복을 입고 바닥에 앉아 있었다. 영사관 직원이 클로이에게 사진을 보여주면서 이 사람을 찾으라고 했다. 클로이가 사진과 노인을 한 명씩 비교해 가며 무리를 훑어보는데, 진행 요원 명찰을 단 여자가 다가왔다.

코스튬은 안 됩니다. 행진에서 코스튬은 금지되어 있어요.

클로이는 주위를 둘러보았다. 참전 군인은 모두 남색 재킷을, 그들의 가족은 짙은 색 정장을 입었다. 뒤편에 진녹색 군복을 입은 젊은이들이 보였고, 남색 해군 유니폼과 하늘색 공군 셔츠를 입은 무리도 멀지 않은 곳에 있었다. 그녀는 한복을 내려다보았다. 빨간색과 금색이 어지럽게 섞인 치마가 바람에 살랑거렸다.

아, 이건 코스튬이 아니에요. 퍼레이드에서 한국전 참전군인에게 감사를 표하려고 한국 전통 의복을 입은 거예요.

영사관 직원이 둘 사이에 끼어들었다.

진행 요원은 말없이 프린트물을 내밀었다. 형광펜으로 표시된 부분에는 앤잭데이 행진에서는 위엄을 갖춘 옷을 입어야 하며 국가의 전통 코스튬은 금한다는 내용이 있었다. 영사관 직원이 고개를 끄덕이자 클로이가 한복을 벗었다. 민소매 티셔츠와 청바지 차림이라 찬바람에 몸이 부르르 떨렸다.

그리고 퍼레이드가 아니라 행진이에요. 군인의 가족이 아닌 사람은 행진에 참여할 수 없고요.

진행 요원은 표정 없는 얼굴로 말하고는 몸을 돌려 사라졌다. 영사관 직원은 어깨를 으쓱했다.

참전 군인 측에 참여를 허락받았으니까 괜찮을 거예요. 한복은…… 사진 찍을 때만 입고 벗기로 하죠.

영사관 직원은 얼굴 찾기를 포기했는지 큰 소리로 참전

군인을 불렀다.

미스터 윌리엄 스미스.

앞쪽의 중년 여자가 손을 번쩍 들었다. 그 옆에는 몸을 잔뜩 웅크린 노인이 휠체어에 앉아 있었다.

행진 전에 인터뷰하기로 했으므로 영사관 직원과 기자는 마땅한 장소를 찾아 두리번거렸다. 클로이의 아버지가 좋은 곳을 안다며 앞장섰다. 참전 군인 윌리엄과 휠체어를 미는 그의 딸이 뒤처지자 클로이는 그들과 속도를 맞춰 걸었다.

나는 가평대대를 전역했다네. 자네 가평전투를 아나?

윌리엄이 클로이에게 말을 걸었다.

아, 저는 호주에서 태어나서 한국 역사를 잘 몰라요.

그는 아무런 대답이 없었다. 클로이는 얼굴이 달아올랐다.

가평전투라고 하셨죠? 찾아볼게요. 죄송해요.

사과할 거 없어. 나는 일부러 코리아타운에 있는 식당이나 술집을 돌아다닌 적도 있어. 가평전투를 아냐고 묻고 싶어서. 몇 명이나 알았을 것 같나?

그녀는 어떻게 대답해야 할지 몰라 윌리엄의 시선을 피했다.

그들은 광장을 빠져나와 야라강 가에 자리 잡았다. 기자는 클로이에게 한복을 입으라고 요청한 후 강을 배경으로 윌리엄과 클로이의 사진을 몇 장 찍었다. 영사관 직원과 사진을 살펴보며 몇 마디 나누더니 그녀에게 카메라를 넘겨주고 가방에서 노트북을 꺼냈다.

반갑습니다. 4월 24일, 어제가 가평전투를 기념하는 가평데이였다고 들었는데요. 시드니에서 매년 개최되는 가평퍼레이드를 혹시 보셨나요?

기자의 목소리가 밝고 경쾌해서 클로이는 흠칫 놀랐다.

아니야, 재작년이 마지막이었지. 이제 가평대대는 타운즈빌로 옮겨 갔네. 퍼레이드도 타운즈빌에서 치렀어.

윌리엄은 차분하게 답했다.

아, 그렇군요.

기자는 타자를 치면서 살짝 인상을 썼다가 이내 다시 밝은 목소리로 가평전투를 설명해달라고 했다. 한국 독자가 궁금해한다고 덧붙였다. 클로이는 윌리엄의 얼굴을 살폈다. 그가 한국 독자가 정말로 궁금해하냐고 반문할 거라 생각했으나 그저 담담한 얼굴로 이야기를 시작했다.

총알이 날아가는 소리를 들어본 적 있나? 쉭, 바람 소리가 나. 그 소리가 총알이 발사되는 소리보다 크다면 믿겠나? 얼마나 많은 총알이 날아들던지 세찬 바람을 맞으며 달리는 것 같았어. 귓전에 울리는 바람을 뚫고 달렸어. 우리 소대원 대부분이 쓰러졌을 때 나도 총에 맞고 쓰러졌지. 사실 그때는 총에 맞았는지, 어디를 맞았는지도 몰랐네. 그냥 엎드려 있었어.

조금 떨어진 곳에서 사진을 찍던 영사관 직원이 다가와 손을 위아래로 흔들었다. 윌리엄은 말을 멈추었다. 그녀는 클로이를 잔디밭에 앉히고는 치마가 넓게 퍼지도록 매만진 후에 오케이, 움직이지 마세요, 했다.

참전 용사 이야기를 경청하는 모습을 담을 거니까 고개를 조금 올려주세요. 윌리엄, 다시 이야기해주세요.

윌리엄은 잠시 말없이 클로이 너머 어딘가를 가만히 바라보았다.

미스터 윌리엄?

영사관 직원이 채근했다. 클로이는 그녀를 제지하고 싶었지만 뭐라고 말해야 한국 예의에 어긋나지 않을지 몰랐다. 대신 치마를 잡아당기지 않으려고 양손을 꼭 마주 잡았다.

그 밤에, 계속 엎드려 있는데 공격이 잠잠해지면서 중국군이 참호에서 수런거리는 소리가 들렸어. 머리를 쏘아

확인 사살을 하자는 이야기였겠지. 우리도 그런 대화를 했으니까. 도망쳐야 했어. 뛸 수 있는지는커녕 일어날 수 있을지조차 몰랐지만 선택의 여지가 없었어. 목에 찬 경기관총과 벨트에 달린 탄약을 단번에 풀고 벌떡 일어났다네. 그제야 총알이 오른쪽 넓적다리를 관통했다는 것을 알았어. 다리를 절며 뛰었어. 20야드, 아니 30야드를 뛰었던가. 낮은 둑 뒤로 몸을 던졌어. 뛰는 내내 뒤편에서 총이 난사됐지. 그래, 운이 좋았어. 정말 운이 좋았지. 전쟁에서 살아남지 않았나.

윌리엄은 밭은 숨을 몰아쉬었다. 클로이도 여러 번 심호흡했다.

1993년에 한국에 초대되어 갔다네. 동료의 묘지를 걸었지. 이름과 군번이 새겨진 나무 십자가가 있었어. 너무 많은 이가 거기 묻혀 있어. 나는 용서를 구하고 싶었는데…….

갑자기 영사관 직원이 외마디 비명을 질렀다.

클로이 씨, 고름이 언제부터 풀려 있었어요?

클로이가 저고리를 내려다보니 고름이 완전히 풀려 있었다. 그제야 자기가 고름을 잡아당겼다는 걸 알았다.

영사관 직원이 지난 사진을 넘기며 다 못 쓰겠다고 불평하는 동안 클로이는 아버지를 찾았다. 그는 멀찌감치 떨어진 곳에서 전화하고 있었다. 기자는 바쁘게 타자를 쳤다. 윌리엄은 고개를 떨군 채 가만히 앉아 있었다. 클로이는 윌리엄이 찬 훈장을 보았다. 그중 하나에 'KOREA'라고 새겨져 있었다. 자신에게도 그런 딱지가 붙은 것 같은 때가 있었다. 선택하지 않은. 그러나 떼어낼 수 없는. 그 딱지에 맞게 살아야 한다고 생각했었다. 윌리엄은 여전히 죽은 듯 미동도 없었다. 클로이는 다시 주위를 둘러보고는 드레스처럼 넓게 펼쳐진 치마를 헝클어뜨렸다.

한국 땅에서 호주인이 중국인과 싸우다 죽었다고 하면…….

윌리엄이 중얼거렸다. 기자가 노트북에 시선을 고정한 채 조금 더 크게 이야기해주시겠냐고 하자 클로이는 자기도 모르게 기자에게 "No"라고 말했다. 기자는 그녀를 흘긋 보고는 윌리엄에게 다시 한번 말해달라고 했다. 그는 손을 내저으며 인터뷰를 그만하겠다고 했다. 기자가 영사관 직원을 올려다보았다. 그녀는 인터뷰 초반 사진을 쓰면 될 것 같다고 말했다. 기자는 노트북을 덮었다.

행진이 곧 시작될 테니 지금 돌아가면 딱 맞겠네요.

영사관 직원은 손뼉을 치며 서두르자고 했다.

광장으로 돌아가면서 윌리엄이 옆에서 걷는 클로이에

게도 잘 들리지 않는 목소리로 웅얼거렸다. 그녀가 허리를 구부렸다.

우리를 누가 기억해주겠나?

클로이는 행진에 참여하지 않았다. 영사관 직원과 기자는 기사를 건졌다며 행진을 보지 않고 돌아갔다. 아버지는 지금 가야 가게 문을 제때 열 수 있다고 서둘렀다.

그녀는 아버지와 트램을 기다렸다. 그는 계속 시간을 확인했다. 직원이 먼저 나와 기다리면 어쩌냐고 걱정했다. 클로이는 런치 타임 직원이 오늘 나오지 않을 거라고 말하려다가 말았다. 둥쳐먹지 말래, 아빠. 그녀는 길 건너 행진 대열을 바라보면서 말을 삼켰다.

*

오후, 한국인의 밤 리허설 첫 순서는 한복 패션쇼였다. 백스테이지에서 진행 요원이 한복을 입은 모델에게 모자를 하나씩 나눠 주었다. 전등갓처럼 나무살에 원색 종이가 붙은 모양이었다. 부채와 도자기 병, 대나무 담뱃대 따위의 소품도 하나씩 주었다. 클로이는 초록색 끈이 달린 빨간색 모자와 흙색 도자기 병을 받았다.

무대라고 생각하고 포즈를 취해볼까요?

진행 요원의 말에 모델들은 담배를 뻐끔뻐끔 피우는 흉내를 내거나 부채를 부쳤다. 클로이는 도자기 병을 양손으로 올렸다.

아니, 아니. 술 마시는 흉내를 내야지.

진행 요원이 손을 내저었다.

이거 술병인 거 몰라요?

시선이 그녀에게 쏠렸다.

그런데 한복이 왜 이래요?

한복을 살펴보니 치마 끝자락이 땅에 끌려서 구겨지고 더러워져 시커멨다.

한복이 커요.

한복 치마는 원래 크게 나와요. 그걸 당겨 입어야지 질질 끌고 다니면 어떡해요?

진행 요원이 클로이 뒤쪽으로 손을 뻗어 치마 끝을 끌어당겼다.

이렇게 당겨서 붙잡으세요.

치마 끝을 건네받아 잡아당기니 아래로 퍼지던 치마가 슬림하게 다리에 붙었다.

패션쇼 리허설이 끝나자 사물놀이 리허설이 이어졌다. 네 명이 무대에 올랐을 뿐인데 악기 소리가 어찌나 큰지 클로이는 이어폰을 끼고 복도로 나갔다. 복도에서도 소리가 쩌렁쩌렁 울렸다. 한복을 입은 채 바닥에 앉아 휴대폰으로 가평전투를 검색했다. 중국군의 인해전술과 유엔 연합군의 반격을 읽었다. 총검으로 싸웠다. 시체가 산처럼 쌓였다.

공연장에서 흘러나오는 음악이 바뀌었다. 벌떡 일어나 공연장으로 돌아갔다. 비보잉 무대였다. 남자들이 팔 하나로 몸을 지탱해 다리를 공중에서 돌리고, 다리를 꺾으며 앉았다가 튀어 오르고, 헬멧을 쓴 머리를 바닥에 대고 프로펠러처럼 빙빙 돌았다.

사회자가 한글학교 아이들과 2부를 시작한다고 외치자, 태권도복을 입은 남자아이들이 나와 기합을 넣으며 팔을 내뻗고 발차기를 선보였다. 이어서 어른들이 나오더니 공중을 날아 발로 나무판자를 깨고 주먹으로 벽돌을 부수었다. 뒤이어 분홍색과 보라색 시스루 천을 덧댄 한복에 입술을 빨갛게 바른 여자아이들이 등장해 분홍색 부채를 흔들며 무대를 오갔다.

리허설이 끝났다. 관객 입장이 시작되었다는 안내 방송이 나오자 클로이는 진행 요원을 찾아가 한국전 참전 군인이 어디에 앉냐고 물었다. 오전 행사에서 인터뷰한 분에게 확인해야 할 게 있다고 둘러댔다. 진행 요원이 아이패드를 두드려 좌석 배치표를 보여줬다. 2층 중앙에 한국전 참전 군인과 그들의 가족이 배치되어 있었다. 이름은 없었다.

행사는 7시 정각에 시작되었다. 멜버른 총영사를 비롯해 호주 다문화부 장관, 빅토리아주 상원의원, 한국에서 온 장관들이 계속해서 축사를 이어갔다. 그녀는 백스테이지와 무대를 잇는 통로에서 커튼을 들춰 관객석을 살펴보았다. 무대를 비추는 조명 때문에 관객석이 어두워 잘 보이지 않았다.

우리는 기억할 것입니다.

목소리가 스피커에서 울렸다.

절대 잊지 않을 것입니다.

한복 패션쇼가 시작되었다. 빠른 비트의 한국 가요가 무대에 울려 퍼졌다. 모델들이 음악에 맞추어 경쾌하게 걸었다. 클로이는 치마 끝을 당겨 잡은 탓에 보폭이 짧아져 제대로 걷기 어려웠다. 치마 안에서 다리가 부딪혔다. 이대로 걷다가는 넘어질 것 같았다. 고개를 숙여 천천히 한 걸음 한 걸음 내디뎠다. 무대 중앙에 다다랐을 때에야 고개를 들었다. 술병을 들어 올리면서 2층 관객석을 살폈다. 강한 조명이 쏟아져 눈을 가늘게 떴다. 관객석에는 커다란 어둠이 자리했다. 잠시 눈을 감았다 떴지만 눈앞은 여전히 어둠뿐이었다. 몸을 돌려 종종걸음으로 백스테이지로 들어가려는데 와 하는 함성과 박수가 쏟아졌다. 관객 쪽을 돌아보다 다리가 엉켜 커튼 앞에서 넘어지고 말았다. 짧은 비명을 질렀지만 음악 소리에 묻혔다. 주저앉은 채 여전한 함성을 향해 몸을 돌렸다. 진보라색 꽃이 뒤덮인 한복을 입은 모델이 무대 중앙에서 춤추고 있었다.

사물놀이 악기 소리가 백스테이지를 날카롭게 채우더니 연이어 비보잉 음악이 벽을 타고 크게 울렸다. 베이스가 쿵쿵 울릴 때마다 클로이의 심장이 같이 뛰었다.

볼륨이 너무 큰 거 아니에요?

진행 요원을 찾아가서 물었다.

관객이 2400명이에요.

진행 요원은 그녀를 돌아보지 않은 채 음악에 맞추어 고개를 까닥거렸다.

인터미션 시간, 클로이는 관객석에 가려고 복도로 나섰다. 윌리엄을 찾고 싶었다. 그에게 할 말이 있었다. 그에게만 할 수 있는 말이 있었다. 복도가 몹시 소란스러웠다. 불안한 마음에 소리가 나는 쪽으로 뛰었다. 관객석으로 통하는 문 앞에 사람들이 모여 있었다. 맙소사, 외치는 목소리. 괜찮냐고 묻는 목소리. 의료팀을 부르라는 목소리. 그녀는 반사적으로 무리를 헤치고 앞으로 나아갔다. 처음 보는 노인이 쓰러져 있었다. 노인 옆에 무릎을 꿇고 코에 귀를 갖다 댔다. 숨이 느껴지지 않았다. 금색 꽃이 수놓인 빨간색 치마가 노인의 가슴과 배를 덮었다. 치마를 거칠게 잡아당겼다. 단단하게 깍지 낀 손을 가슴에 얹었다. 하나 둘 셋 넷 다섯 여섯…… 사력을 다해 서른 번 내리누르는 동안 노인의 몸이 점점 더 딱딱해졌다. 입을 벌려 숨을 불어 넣었으나 숨이 들어가지 않았다. 다시 노인의 가슴을 눌렀다. 모자를 묶은 초록색 끈이 풀어져 그의 얼굴에 그림자가 일렁였다. 회색빛 얼굴. 무언가 떠나버린 빛깔. 무서워서 이가 떨렸지만 계속 가슴을 압박했다.

복도는 고요했다. 한복 치마가 사각거리는 소리만이 울렸다. 누가 클로이를 끌어내고 대신 노인 옆에 무릎을 꿇었다. 그녀는 바닥에 주저앉아 CPR을 하는 다른 이를 바라보았다. 완전히 굳어버린 노인의 얼굴과 손, 몸을 보았다. 그제야 재킷에 달린 수많은 훈장이 눈에 띄었다. 모자가 흘러내려 바닥에 떨어졌다. 곧 제복을 입은 사람들이 들것을 가지고 뛰어와 노인을 실어 갔다. 천천히 일어나 모자를 쓰고 끈을 묶었다. 고름도 다시 매고 치마도 앞으로 단단히 잡아 당기는데 누가 불쑥 말을 걸었다.

대단해요. CPR을 해본 적이 있죠?

부드러운 빛깔의 금발 머리를 한 남자였다. 클로이는 의대를 다닌다고 말하고는 몸을 돌렸다.

그런데 코스튬이 정말 예쁘네요.

그녀는 뒤돌아보지 않고 2층 관객석으로 들어갔다. 윌리엄은 어디에도 없었다.

2부가 진행되는 동안 클로이는 백스테이지에 앉아 있었다. 영사관 직원은 끊임없이 전화를 걸었다.

기자님, 1년을 준비한 행사인 걸 아시잖습니까.

그녀는 의자에 앉아 허리를 잔뜩 구부렸다.

사고 기사를 싣지 말라는 게 아니라요, 뭐가 메인인지를 말씀드리는 거죠.

*

다음 날 클로이는 새벽에 깼다. 머리가 아팠다. 지난밤 아버지는 한인회 홈페이지에 올라온 그녀의 무대 영상을 보고 손뼉을 치며 좋아했다. 한국 친척들에게 전화를 돌리기도 했다. 정작 본인은 식당 주방에 있느라 가보지 못했다는 이야기는 하지 않았다. 그녀는 목이 말라서 베드사이드 테이블을 더듬어보았지만 물을 찾을 수 없었다. 1층으로 내려갔다. 주방은 어두웠다. 슬리퍼를 신지 않아 타일 바닥의 냉기에 발이 시렸다. 불을 켜지 않고 찬장을 열어 컵을 꺼냈다. 수돗물을 받아 간이 테이블에 앉았다. 어둠 속에서 사진 액자를 쏘아보다 엎어버렸다. 동이 터왔다. 물컵을 들고 계단을 오르다 다시 주방에 갔다. 한 손에는 물컵을, 다른 손에는 액자를 들고 계단을 올랐다. 아직 새벽이었다.

* 가평전투에 관한 윌리엄의 진술은 호주 정부의 보훈처(Department of Veterans' Affairs)에 실린 Stanley Connolly, Kerry Smith의 인터뷰를 참고했다.
- Stanley Connolly: https://anzacportal.dva.gov.au/resources/stanley-connolly
- Kerry Smith: https://anzacportal.dva.gov.au/resources/kerry-smith

외 출 금 지

1

2017년 12월 7일, 희율은 은영에게 호주에 가자고 했다. 호주의 동성결혼 법안이 가결된 날이었다. 희율이 보여준 오픈채팅창에서는 호주 뉴스가 쉴 새 없이 공유되었다. 레즈비언 커플이 정자은행을 통해 같은 시기에 임신하고 출산을 기다리는 다큐멘터리를 캡처한 사진이 여러 장 올라왔다. 사진 속 여자 둘은 엄청나게 부풀어 오른 배에 손을 올리고서 활짝 웃었다. 그들의 발치에 '엄마와 엄마'라는 자막이 떠 있었다.

은영은 희율의 이야기를 들으며 난간 아래로 몸을 기울여 바다를 향해 손을 뻗었다. 1주년을 맞이해 바다가 보이는 숙소를 예약한 건 은영이었다. 희율과 햇빛이 부서지는 파란 바다를 바라보며 감탄하는 상상을 했으나 도착해보니 바다는 햇빛에 빛나지도 파랗지도 않았다. 숙소 앞을 지나는 해안 도로와 잿빛 바다를 번갈아 보았다. 파도 소리가 차 소리와 섞여 거대한 기계가 돌아가는 공장 안에 있는 것 같았다.

너무 시끄럽지 않아?

은영과 희율은 방으로 돌아와 창문을 닫았다. 보일러를 최대치로 틀어놓았는지 따뜻하다 못해 더웠다. 그들은 옷을 하나씩 벗다가 민소매 티셔츠와 팬티 차림이 되었다.

보일러 줄여달라고 할까?

나 그런 말 못 해.

나도 못 하는데.

둘은 작은 주방에서 검은색과 흰색 체크무늬 타일에 앉아 싱크대에 등을 기대고 와인을 마셨다. 터미널에 딸린 편의점에서 파는 가장 싼 와인이었다. 달고 맛있었다. 두 병을 다 비우니 창밖으로 해가 져 금세 어두워졌다. 허벅지에 닿은 타일이 차가웠다.

우리 호주 가자.

입술이 검보라색으로 물든 희율이 은영에게 휙 고개를 돌렸다.

호주 가서 결혼도 하고 애도 낳자. 엄마 둘이랑 딸 둘이랑 해서 여자 넷이 사는 거야.

은영은 희율이 호주에 가자는 이야기를 잠들 때까지 계속할 거라는 걸 알았다. 같은 말을 되풀이하는 건 희율의 술버릇이었다. 내일이면 희율은 기억조차 못할 것이다. 들은 척 만 척하며 끄덕이면 그만이다. 그런데 마음 어딘가가 먹먹해졌다.

같이 웨딩드레스도 입고, 부케도 던지고, 응? 친구들 분홍색 드레스 입혀서 들러리 세우고.

희율의 들뜬 목소리가 닫힌 창으로 흘러드는 파도 소리와 뒤섞였다.

같이 임신하면 베이비샤워도 같이 할 수 있잖아. 제왕절개를 같은 날 해서 생일이 같은 아기를 낳는 거야. 생일파티도 같이 하고 얼마나 좋아?

은영은 창밖의 어둠을 바라보았다. 중학교 때부터 여자를 좋아했다. 연애만으로도 충분히 고통스러웠으므로 결혼은 바라지도 않았다. 자신을 고문하고 싶지 않았다. 아이를 낳는 건 더더욱 생각조차 해본 적이 없었다. 그러나 이성애자로 자라온 희율은 그런 꿈을 꾸어왔는지도 모른다. 아버지 손을 잡고 버진로드를 걷고 사랑하는 사람의 아이를 가지는 꿈.

그래, 가자.

그때 은영은 희율을 위해서라면 무엇이든 할 수 있다고 생각했다. 그녀와 함께라면 어디든 괜찮다고 믿었다.

그들이 정말 호주에 간 건 1년 하고도 두 달이 지났을 때였다. 그간 아르바이트를 늘려 자금을 모았고 주 2회 영어회화 학원에 다녔다.

호주행 비행기에 오르기 사흘 전, 둘은 마지막 수업을 마치고 홍대를 찾았다. 희율이 좋아하는 레즈클럽에 가기 위해서였다. 희율은 클럽 입구의 두껍고 검은 커튼을 좋아했다. 커튼을 젖히면 조명이 쏟아지는 게 꼭 다른 세계에 들어가는 것 같다고 했다. 그녀는 마지막이라며 양손으로 커튼을 드라마틱하게 확 젖히고는 고개를 들고 눈을 감았다. 색색의 조명이 얼굴에 부딪혀 빛났다.

흡연실에서 라이터를 빌리다 이야기를 나눈 여자들이 이름을 물었다. 희율과 은영은 평소처럼 가명을 말했다. 희율이 은영에게 이제 이 이름도 마지막이라고 속삭였다.

호주에서는 가명 쓸 필요 없잖아.

술을 많이 마시고 오래 춤췄다. 밖에 나왔을 때는 새벽이었다. 길은 한적했다. 그들은 니트 모자를 대충 눌러쓰고 목도리를 휘감은 후에 비척비척 걸었다. 술이 어느 정도 깼는데도 일부러 몸을 부딪치면서 술 취한 흉내를 냈다. 어디선가 기타 소리가 들렸다.

가보자.

고요한 거리를 뛰었다. 불 꺼진 식당 앞 화단에 앉아서 기타를 치는 남자애를 발견했다. 남녀 커플 한 쌍 뒤에 그들도 섰다. 남자애는 마이크나 앰프 없이 기타 가방만 앞에 열어놓은 채 연주했다. 낮은 목소리로 읊조리듯 부르는 노래는 몇 가지 음에서 벗어나지 않았다. 후렴이랄 것도 딱히 없었다. 익숙했다. 어디서 들었는지 은영이 골똘히 생각하는데 희율이 중얼거렸다.

너 내 전 남친 모르지. 걔도 홍대에서 버스킹했는데.

그녀는 얼굴의 절반을 베이지색 목도리에 파묻은 채 공연에 눈을 고정했다. 희율이 은영을 돌아보지 않았으므로 은영도 고개를 돌렸다. 2년 넘게 연애하면서 희율은 한 번도 전 남자친구 이야기를 꺼낸 적이 없었다. 은영은 희율처럼 목도리를 코까지 끌어 올렸다.

사실 은영은 희율의 남자친구를 본 적이 있었다. 그가 대학원 종강 파티에 참석한 희율을 데리러 왔을 때 마주쳤다. 은영이 술집 앞에서 담배를 피우는데 깡마른 남자가 기타를 메고 걸어왔다. 그는 무테안경을 쓰고 무릎까지 내려오는 검은색 패딩을 입고 있었다. 패딩에 달린 모자 안감이 봉긋했다. 남자가 도착하고 얼마 지나지 않아 희율이 술집에서 나와 은영을 발견하고는 남자를 은영에게 소개했다. 이름을 말한 것 같은데 은영은 제대로 듣지 않았다. 다만, 희율이 남자 외모는 안 보네, 그런 생각을 했다. 대학원을 한 학기 다니는 동안 희율에게 고백한 남자가 다섯이 넘어간다는 소문이 돌았다. 학과에 친구가 많지 않았던 은영까지 소문을 들었으니 희율이 꽤 유명했던 거다.

나 너랑 사귀려고 걔랑 헤어졌다? 6년이나 만났는데. 헤어지자니까 걔가 엄청 울었어. 나 없으면 삶의 의미가 없다면서. 남자애가 엉엉 우는 거 처음 봤잖아. 나는 거기다 대고 앵무새처럼 헤어지자는 말만 계속했다니까.

희율의 목소리와 낮은 기타 선율이 섞였다.

은영은 희율이 남자친구와 문제없이 만나는 것을 알면서도 고백했다. 당시 주말의 대부분을 희율과 보내면서 마음이 커져 차라리 관계가 끊어지는 게 낫겠다 싶었다. 차일 각오를 하고 좋아한다고 말하는 은영에게 희율은 나도 너 좋아한다고 아무렇지도 않게 대답했다. 난 너 진짜 좋아해,

나 레즈비언이야. 희율은 잠시 은영을 빤히 바라보다 웃음을 터뜨렸다. 야, 나도 너 진짜 좋아해, 레즈비언 아니면 진짜가 아니냐? 은영은 희율이 농담으로 상황을 넘기고 다시는 연락하지 않을 거라고 생각했다. 실제로 희율은 두 달 동안 연락이 없다가 계절이 바뀌고서야 전화해서 대뜸 만나자고 했다. 준비됐다면서.

원래는 좋아하는 사람 생겼다고 말하려고 했는데, 우는 걸 보니까 말이 안 나오는 거야.

희율이 코를 훌쩍이면서 목도리 안으로 더 깊이 얼굴을 파묻었다.

걔 진짜 불쌍한 애거든.

남자애의 기타 연주는 다른 곡으로 넘어갔다. 기타를 치는 손이 빨갰다. 코도 귀도 빨갰다. 줄무늬 티셔츠에 남색 모직 코트를 입고 모자도 목도리도 하지 않았다. 기타 가방에 든 돈은 1000원짜리 몇 장이 다였다. 은영은 그만 가자고 희율의 팔을 끌었다. 희율은 그녀의 손을 뿌리치고 그에게 다가갔다. 기타 가방에 만 원을 넣고 그 앞에 놓인 시디를 집어 들었다.

첫차를 타려고 정류장으로 걸어가는 동안 술이 완전히 깼다. 희율이 불쑥 이어폰을 내밀었다.

전 남친 노래 들어볼래?

은영이 됐다고 대답하기도 전에 희율은 그녀의 니트 모자를 올려 귀에 이어폰을 꽂았다. 차가운 바람이 귀를 할퀴듯 스쳤다. 가느다랗고 힘없는 남자 목소리가 불 꺼진 작은 방에 혼자 앉아 너를 그리워한다고 노래했다.

이런 어두운 노래 별로야.

은영은 한 곡을 다 듣지도 않고 이어폰을 뺐다.

네가 그런 말 하니까 웃긴다.

희율은 이어폰을 마저 끼며 웃었다.

2

2019년 3월 2일, 오후 7시 30분에 그들은 시드니 시청 근처의 게스트하우스 공용 거실에 있었다. 마디 그라스 퍼레이드가 시작한 시간이었다. 퍼레이드를 모르는 희율은 언제나 북적이는 거실에 그날따라 아무도 없어 이상하다고 했다.

은영은 전자레인지에 냉동 라자냐를 돌리고 냉장고에서 샐러드 키트를 꺼냈다. 그녀가 테이블에 접시와 포크, 나이프를 차례로 놓는 동안 희율은 노란색 소파 등받이 쪽으로 돌아앉아 벽에 달린 게시판을 올려다보았다. 게시판에는 테이프로 엉성하게 붙인 시내 지도와 당일치기 여행 정보지, 그날의 퍼레이드 소식이 있었다. 희율이 포스터를 떼어 은영을 불렀다.

퀴어축제 하나 봐.

은영은 마디 그라스, 즉 재의 수요일 전날인 기름진 화요일에 시드니에서 매년 국제적인 규모의 퀴어축제가 열린다는 사실을 알았지만 희율에게 미리 말하지 않았다. 희율이 알면 가고 싶어 할 게 뻔했다. 은영은 축제에 가기도 싫고, 가기 싫은 이유를 설명하기도 싫었다.

한국에서 퀴어문화축제에 참여한 적이 있었다. 아직 누구에게도 커밍아웃하기 전이라 주저하던 은영에게 당시 여자친구는 그럴수록 가야 한다고 했다. 선언하듯 단호한 말투였다.

인정하고 축하하러 가는 거야.

동성애 인권 단체에 속한 여자친구와 무지개 깃발을 따라 걸었다. 보라색 단체 티셔츠를 입은 그녀는 사람들이 부르는 노래를 따라 하며 손뼉을 쳤다. 즐거워 보였다. 은영은 즐겁지 않았다. 길가의 행인들을 살폈고, 적대적인 눈빛을 읽었고, 누군가 휴대폰을 들 때마다 사진을 찍을까 봐 고개를 획 돌렸다. 무서웠다. 결국, 혼자 대열에서 빠져나왔다. 그날 여자친구와 헤어졌다.

예상한 대로 희율은 퍼레이드에 가자고 했다.

명색이 레즈비언인데 이런 데 빠질 수 없지.

은영이 코웃음 쳤다.

야, 솔직히 네가 레즈는 아니지.

희율이 불쾌한 기색을 드러내면서 둘은 잠시 말다툼했다. 희율은 은영을 노려보다가 라자냐와 샐러드를 접시에 담아 소파에 앉았다. 테이블에 마주 앉기 싫다는 뜻으로 은영은 이해했다. 그녀도 음식을 접시에 담아 희율 옆에 앉았다. 다행히 희율은 더 싫은 티를 내지는 않았다. 희율이 무릎에 접시를 놓고 라자냐를 잘게 써는 동안 은영은 말없이 텔레비전을 틀어 채널을 이리저리 돌렸다. 마디 그라스 퍼레이드 장면이 나왔다.

차의 출입을 통제한 도로를 무지개 깃발이 잔뜩 꽂힌 소방차와 경찰차가 지나갔다. 노란색 베레모에 선글라스를 쓴 중년 여자들이 손을 흔들며 걸었다. 빨간색과 금색이 섞인 전통 의상을 수영복으로 개조해 입은 동양인들이 손뼉을 쳤다. 팬티만 입고 몸에 잔뜩 기름을 바른 남자들이 텀

블링을 했다. 핑크색 날개를 단 노인들이 지나갔다.

퍼레이드 대열을 구경하는 관중이 인도를 가득 메웠다. 어깨에 올라탄 사람도 적잖았다. 모두가 눈을 빛내며 환호했다. 무지개 깃발을 흔들고 휘파람을 불고 박수를 쳤다. 은영은 울었다. 그들의 환한 얼굴 때문이 아니었다. 마디 그라스 퍼레이드를 생중계하는 채널이 호주 공영 채널이었기 때문이다. 희율은 그녀의 머리를 끌어당겨 어깨에 기대게 했다. 은영은 눈물을 훔치고 샐러드를 집어 먹으면서 퍼레이드를 끝까지 보았다.

희율은 퍼레이드가 열린 지역, 달링허스트의 작은 카페에서 일하게 되었다. 그곳의 상점 대부분이 그렇듯 카페 곳곳에 무지개 스티커가 붙어 있었다. 은영도 그 지역의 카페와 식당에 이력서를 돌렸지만 연락을 받지 못했다. 몇 주가 지나 한인타운 고깃집에서 주방 보조 일을 시작했다.

둘은 희율이 일하는 달링허스트에 집을 얻었다. 방 하나에 거실과 주방이 딸린 작은 스튜디오였다. 집 근처에는 보도에 테이블을 내놓은 작은 카페가 많았다. 유리창에는 역시 무지개 스티커가 붙어 있고, 바에는 무지개 깃발이 꽂혀 있었다. 함께 쉬는 날이면 카페 야외 테이블에 앉아 햇빛에 눈을 찡그리며 책을 읽었다.

그날도 은영은 희율과 동그란 테이블에 마주 앉아 한국에서 그날 아침에 도착한 책을 읽었다. 은영의 전 연인이 쓴 책이었다. 그녀는 웹진에 에세이를 연재하면서 비밀 임무를 수행하듯 동성애 코드를 집어넣었다. 1년 치 에세이에 다른 글을 섞어 자비출판을 했는데 묶어놓고 보니 누가 봐도 레즈비언 책이 되고 말았다.

이제 얘도 벽장이길 포기했나. 일부러 헤녀들하고만 어울리더니.

전 연인의 연애사를 읽다가 기분이 묘해진 은영이 혼잣말처럼 중얼거렸다.

레즈 용어 좀 그만 써. 찐따 같아.

희율이 책에 시선을 고정한 채 말했다. 은영은 말없이 그녀를 바라보았다. 한참이 지난 후에야 희율이 고개를 들어 은영과 눈을 맞췄다.

아니, 그게 아니라, 내 말은…… 여기서는 벽장이고 뭐고 그런 말이 필요 없잖아, 이제.

희율은 책을 덮고 은영 옆자리로 옮겨 왔다. 은영은 아무 말도 하지 않았다. 주위를 둘러보던 희율의 시선이 옆 테이블에서 멈췄다. 모래색 곱슬머리를 어깨까지 늘어뜨린 젊은 남자가 노트북에 무언가 열심히 쓰고 있었다.

저기요.

희율이 그에게 손을 흔들었다. 그가 노트북에서 눈을 떼고 그들을 쳐다보자 희율이 큰 소리로 말했다.

우리는 커플이에요.

남자는 미간을 찡그리면서도 입꼬리를 올렸다.

우리는 서로를 아주 사랑해요.

좋겠어요.

그는 덤덤하게 답한 뒤 다시 노트북 자판을 두드렸다.

이거 봐.

희율은 활짝 웃었다.

그날 밤, 은영은 희율이 잠든 모습을 바라보았다. 맑고 편안해 보였다. 얼굴을 쓰다듬으려다 말았다. 희율의 손길에 잠에서 깨 짜증 낸 적이 있었다. 희율은 은영이 자면서 인상을 쓴다며 미간을 펴주는 거라고 했다.

은영은 문득 잠든 엄마의 모습을 떠올렸다. 텔레비전을 틀어놓고 소파에 누워 웅크린 엄마는 미간을 잔뜩 찌푸렸다. 소파 앞 테이블에는 반쯤 비운 소주병과 잔이 놓여 있었다. 엄마에게 커밍아웃하고 일주일이 지났을 때였다. 여자를 좋아한다고 하자 엄마는 잠자코 있다가 울음을 터뜨렸다. 다른 사람들한테는 말하지 말자, 울음을 그치고는 그렇게 말했다.

은영은 희율의 맑은 얼굴을 바라보았다.

너는 나를 사랑해서 괴롭지 않았어? 네가 나를 사랑하는 게 수치스럽지도 두렵지도 않았어? 나를 사랑하는 마음을 의심하지도 부정하지도 않았어? 네 사랑이 너 자신을 혐오하게 하지 않았어? 네 사랑이 네 가족을 울게 하지 않았어?

네 사랑은 아프지 않지. 네 사랑은 밝고 빛나지. 너는 환하게 웃고 떳떳하게 울지. 눈치 보지 않고 거짓말하지 않지, 네 사랑은.

3

매년 6월이 '성소수자 인권의 달'인 것은 은영도 알았다. 동성애 인권 단체에서 활동하던 여자친구를 따라 관련 행사를 도왔고, 그녀와 헤어진 후에도 퀴어영화제에 다니곤 했다. 전 여자친구를 마주칠까 봐 모자를 눌러쓴 채 고개를 숙이고 영화관에 들어갔지만, 영화가 끝나고 나올 때면 마지막까지 남아서 먼저 일어서는 관객을 훑어보았다.

호주에서 6월은 'Pride Month'라고 불렸다. 달링허스트 거리가 무지개색 깃발로 가득 찼다. 상점마다 각종 프로그램이 담긴 포스터가 붙었다. 퀴어 스탠드업 코미디 쇼, 퀴어 행진, 퀴어 역사의 발자취를 따라가는 시내 투어, 퀴어 디제이가 여는 파티, 퀴어 전시, 퀴어 시상식이 있었다.

은영은 희율의 카페에서 일이 끝나길 기다리면서 포스터에 쓰인 단어 Pride를 들여다보았다. 자부심? 긍지? 자랑스러운? 그녀는 전 여자친구가 한국의 퀴어문화축제에 자신을 데려가려고 한 말을 다시 떠올렸다. 인정하고 축하하러 가는 거야. 여자를 좋아하는 것이 인정받고 축하받고 자부심을 느껴야 하는 일인가? 여자를 좋아한다고 써 붙이고 대로를 걸으면서 나는 여자를 좋아하는 게 자랑스럽다고 소리치고 싶지 않았다. 그렇게까지 하고 싶지 않았다. 그렇게까지 하지 않아도 되기를 바랐다. 그저 외면당하지 않고 미움받지 않고 배제되지 않기를 바랐다.

포스터를 꼼꼼히 읽었다. 퀴어 디제이가 여는 파티가 가까이에서 열렸다. 파티는 다음 날이었지만 당장 그곳에 가야겠다고 생각했다. 퀴어클럽에서 엉망으로 취하면 여자로 태어나 여자를 좋아하면서 가지게 된 긍지를 깨달을 수 있을까? 잘한 것도 없는데 인정받고 생일도 아닌데 축하받을 수 있을까? 은영은 한국 레즈클럽에서 희율이 한 말을 곱씹었다.

호주에서는 가명 쓸 필요 없잖아.

은영은 은영으로, 희율은 희율로. 그 무엇도 외면하지도 미워하지도 배제하지도 않으면서.

그들은 먼저 술 가게에 갔다. 호주 술집은 비싸서 둘의 시급으로는 취할 때까지 마실 수 없었다. 가게에서 8달러짜리 와인을 두 병 집어 고민하는데 낯선 목소리가 불쑥 끼어들었다. 고개를 돌리니 구불거리는 금발을 어깨까지 늘어뜨린 남자가 서 있었다. 영어를 단번에 알아듣지 못해서 얼굴을 빤히 보자 그가 다시 천천히 말해주었다.

그거 별로라고.

남자는 허리를 굽혀 진열장 아래쪽에서 와인 한 병을 꺼냈다. 그제야 그가 입은 검은색 플레어 치마와 망사스타킹이 눈에 띄었다. 희율이 남자, 아니 여자가 건넨 와인을 받아 들었다. 은영은 먼저 가격을 살폈다.

이거 비싸. 우리 돈 없어.

아…….

여자는 그들을 옆 칸으로 이끌었다.

그럼, 이거.

널빤지 상자 위에 와인병이 무더기로 놓여 있었다. 하얀색 라벨에 '클리어스킨'이라고 쓰인 와인이었다. '익명의 와인'이라고 했다. 양조장에서 재고를 처리하려고 와인을 싸게 팔 때 브랜드 이름을 떼고 클리어스킨 라벨을 붙인다는 것이다. 브랜드 가격을 낮추는 것이 마케팅에 별 도움이 안 되기 때문이라면서 사실은 다 좋은 와인이라고 했다.

팔리지 않았을 뿐이지.

그녀는 와인 하나를 집어 그들에게 건넸다.

클리어스킨을 단숨에 비우고 찾은 퀴어클럽은 모서리가 둥그런 3층 건물 전체를 썼다. 핑크색 조명이 둘러싼 간판 옆에 무지개색 깃발이 달려 있었다. 색색의 가발을 쓰고 입구에 줄을 선 사람이 여럿 눈에 띄었다.

복도에 들어서 양초를 빼곡히 채워놓은 벽난로를 지나자 커다란 홀이 나왔다. 붉은색 조명이 천장 중앙에 달린 미러볼을 비췄다. 그 아래 빽빽하게 모인 사람들 모두 술잔을 들고 있었다. 춤추는 사람은 없었다.

은영과 희율은 인파를 헤집어 바에서 와인 한 잔씩 주문한 후에 홀을 둘러보았다. 한쪽에 테이블이 여럿 있었지만 빈 의자가 없었다. 앉아 있는 사람보다 서 있는 사람이 훨씬 많았다. 그들도 엉거주춤 서서 와인을 마셨다. 옆에서는 수염이 긴 남자 둘이 열정적으로 키스했다.

여기는 네가 좋아하는 암막 커튼이 없네.

은영은 창 너머로 줄 선 사람들을 보며 말했다.

뭔 소리야. 나 그 커튼 싫어.

뭐야, 좋아했잖아. 주말마다 커튼집 가자고 했으면서 왜 딴소리야.

갈 데가 거기밖에 없으니까 간 거지.

희율의 얼굴에 붉은 조명이 어른거렸다. 조명이 눈에 닿을 때마다 눈을 살짝 찡그렸다.

밖에서 보면 비밀 기지지 클럽 같지도 않았잖아. 아니, 무슨 불법 소굴도 아니고 실내에서 담배를 막 피우질 않나.

불쾌해진 은영이 따지려는데 누군가 어깨를 톡톡 두드렸다. 술 가게에서 만난 금발 여자였다. 그녀는 대뜸 자신이 추천한 클리어스킨이 어땠냐고 물었다. 은영이 그냥 고개를 끄덕인 반면, 희율은 정말 맛있었다고 소리쳤다. 지나치게 크게 말해 취한 것 같았지만 조명 탓에 얼굴이 온통 붉어 정말인지 알 수 없었다.

여자는 혼자 왔는지 그들 옆에 서서 수다를 떨었다. 먼저 간 술집에서 오래전에 헤어진 전 남자친구를 마주친 이야기였다. 그가 술집에서 노래를 부르고 있어서 바로 나왔는데 생각해보니 왜 그랬는지 모르겠다고 했다. 희율이 손뼉을 쳤다.

내 전 남친도 노래 부르는데!

여자의 눈이 커졌다.

남자친구? 너희 둘이 커플인 줄 알았는데.

커플 맞아. 전 남친이라고 했잖아. 지금은 레즈비언이야.

얘는 레즈비언 아니야.

은영이 끼어들었다.

양성애자구나?

아니, 얘는 그냥 이성애자야. 그냥 잠깐 호기심으로 즐기는 거지.

야, 이은영.

희율이 굳은 얼굴로 한국어를 했다.

지금 뭐 하자는 거야?

너 되게 선택적으로 레즈비언 한다.

뭐?

말이 좋아 양성애자지 그냥 너 좋은 대로 하다가 싫어지면 발 빼겠다는 거잖아. 두고 봐라. 너 다시 남자 만날걸?

네가 무슨 레즈라고.

한국어로 싸우는 은영과 희율을 가만히 지켜보던 여자는 둘 사이를 비집고 들어가 팔짱을 끼더니 다짜고짜 가까운 테이블로 향했다. 한국이었다면 은영은 여자의 손을 뿌리치면서 지금 뭐 하냐고 따지거나, 희율과 더 할 말이 있으니 내버려두라고 했을 텐데 영어로는 단번에 말이 튀어나오지 않았다.

스툴 여섯 개가 놓인 직사각형 테이블에 네 명이 앉아 있었다. 여자는 테이블 끝에 그들을 앉히고 모서리에 섰다. 여자는 사람들에게 인사하고 은영과 희율에게도 인사를 시켰다. 그제야 여자의 이름을 들었다. 애니. 은영은 애니가 본명일까 잠시 생각했다.

테이블에는 남자 세 명과 여자 한 명이 있었다. 오가는 말을 들으니 애니도 처음 보는 사람들 같았는데, 은영을 제외한 이들은 곧장 활발하게 이야기를 나눴다.

은영은 옆에 앉은 남자에게 완전히 몸을 돌린 희율을 쏘아보았다. 몸집이 크고 짙은 머리를 하나로 묶은 남자도 희율에게 몸을 돌렸다. 그는 혼자 환경 단체를 만들어 멸종위기 동물을 돕는다고 소개하고는 대뜸 자신이 양성애자라고 했다.

그럼 지금 애인은 남자야, 여자야?

희율이 물었다.

지금은 애인 없어.

여기 괜찮은 남자들 많잖아. 골라봐.

난 너랑 자고 싶은데?

은영은 화를 참지 못하고 얼굴을 내밀며 소리 질렀다.

얘 내 여자친구야!

아, 미안. 몰랐네.

이번엔 나 레즈비언이야?

희율이 은영에게 비아냥거렸다.

존나 선택적이네.

새벽 2시가 지났다. 속이 거북해 바람을 쐬겠다고 나간 희율이 돌아오지 않았다. 은영은 창밖 거리를 눈으로 훑었으나 그녀가 보이지 않았다. 결국 희율을 찾아 자리에서 일어났다. 희율은 화장실로 통하는 복도에 엉덩이를 깔고 앉아 있었다. 언제 이렇게 엉망으로 취했지. 은영이 일어나라고 소리쳤지만 미동도 하지 않았다. 쭈그리고 앉아 희율의 어깨를 흔들었다. 희율이 옆으로 넘어가 바닥에 쓰러졌다. 벌어진 입에서는 게거품이 나왔고 치마 아래로는 오줌이 흘러내렸다. 은영이 겁에 질려 계속 흔들고 뺨을 때렸지만 희율은 일어나지 않았다.

술을 얻어 마시면 안 되는데.

목소리가 들리는 쪽을 쳐다보니 망사스타킹을 신은 단단한 다리가 눈에 들어왔다. 애니였다. 애니가 옆에 쭈그려 앉았을 때에야 은영은 자신이 엉망으로 울고 있다는 것을 알았다.

항상 잔을 잘 보고 있어야 돼. 고개만 돌려도 약을 타고 간다니까.

애니가 희율의 겨드랑이에 팔을 끼워 일으켰다. 희율이 축 늘어졌다. 은영은 소리를 지르지 않으려고 이를 악물었다.

여기는 호주야. 너희처럼 작고 예쁜 아시아 여자들은 더 조심해야 해. 세상이 무섭다니까.

다음 날 희율은 아무것도 기억하지 못했다. 은영은 희율이 처음 보는 사람들과 어울려 막무가내로 술을 마시다 그 지경이 되어서 화가 치밀었다. 둘은 물건을 집어 던지며 싸웠다. 그 후로 일주일에 한 번씩 알람을 맞춰놓은 듯 다퉜다. 은영은 희율이 제멋대로 살면서 문제를 일으키고 옆 사람에게 상처를 준다고 했고, 희율은 은영이 자기 세계에 갇혀서 타인과 관계 맺을 줄 모른다고 했다. 정말 지긋지긋하고 끔찍하다고 소리치다가도 다음 날이면 같이 밥을 먹고 섹스를 하고 이모티콘을 섞어 메시지를 보냈다. 해가 바뀌는 동안 상대를 비난하고 저주하고 애정을 퍼붓고 살을 비비며 살았다. 그사이 은영은 조건이 더 나은 카페로 일터를 옮겼다. 쿠키를 진열하면서 손님들이 중국 우한에 대해 떠드는 소릴 들었다.

흥미로운 외신 뉴스 중 하나일 뿐이었다. 호주는 평소와 다름없었다. 그녀가 일하는 카페 역시 언제나처럼 바쁘게 오가는 사람들로 붐볐다. 어느 순간, 마스크를 쓴 손님이 눈에 들어왔다. 사장의 지시로 은영과 다른 직원도 마스크를 썼다. 얼마 지나지 않아 마스크를 사기가 어려워졌다. 사재기 때문이었다. 동난 건 마스크뿐만이 아니어서 휴지나 생수, 진통제, 파스타를 사려면 아침 7시부터 마트 앞에 줄을 서야 했다. 이 모든 변화가 너무 갑작스러워 의아할 무렵 셧다운이 시작되었다.

4

2020년 3월 22일, 다음 날 정오부터 셧다운이 시작된다는 발표가 있었다. 은영의 카페 사장은 직원에게 내일부터 출근하지 말라고 했다. 불과 나흘 전에 총리가 봉쇄령은 없을 거라고 했기에 당황스럽기만 했다. 희율에게 연락해보니 희율도 오늘까지만 출근한다고 했다.

놀면 좋지 뭐. 오늘 파티하자.

그녀의 목소리가 밝아서 은영의 마음속에서 소용돌이치던 무언가가 일순간 잠잠해졌다. 희율이 요리를 하겠다고 했다. 은영은 술 가게에 들러 클리어스킨 와인을 샀다. 현관문을 여니 달콤한 냄새가 났다.

주방에 들어서자 초록색 냄비를 들여다보던 희율이 활짝 웃으며 인사했다. 테이블에 올려둔 블루투스 스피커에서 낮은 남자 목소리가 흘러나왔다. 한국을 떠나기 사흘 전, 홍대에서 함께 들은 노래였다. 희율이 종종 그 노래를 들을 때 옆에서 함께 듣기도 했는데 그때마다 기분이 좋지 않았다. 그날도 은영은 굳은 얼굴을 보이고 싶지 않아 와인을 테이블에 내려놓고 돌아섰다. 등 뒤에서 희율이 노래를 따라 흥얼거렸다.

은영은 샤워하면서 그날을 떠올렸다. 텅 빈 새벽 거리. 베이지색 목도리에 얼굴을 파묻고 중얼거리던 희율. 그녀가 니트 모자를 올려 이어폰을 꽂았을 때 귀에 닿았던 차가운 바람. 샤워기에서 떨어지는 물을 맞으며 욕조 바닥에 쭈그리고 앉았다. 시간이 지나, 더 지나, 그날도 오늘도 잊힐 만큼 오래 지난 어느 날이 은영에게 후드득 떨어져 내렸다. 가본 적 없는 낯선 길에서 은영이 아닌 다른 이의 손을 잡은 희율이 중얼거리는 소리가 욕실에 울렸다.

걔 정말 불쌍한 애야.

둘은 테이블에 마주 앉아 스튜에 와인을 곁들여 마셨다. 스튜는 짰고 와인은 형편없었다. 빈 잔에 와인을 더 따르려는 희율에게 은영이 손을 저었다.

이번엔 망했다. 맛이 없네.

왜, 괜찮은데.

아냐, 맛없어. 역시 싸다고 불량을 사는 게 아닌데. 이름이 있는 걸 샀어야 돼.

그러지 말고 그냥 마셔.

그럼 너나 마시든가.

말을 꼭 그렇게 해야 해?

은영은 또다시 싸우게 되리라는 것을 알았다. 그 싸움을 자신이 원한다는 것도.

너랑 있으면 숨이 막혀.

한참 소리를 높이다 정신을 차려보니 와인병이 바닥에 나뒹굴었다. 은영이 와인병을 던진 거였다. 조금 남은 붉은 와인이 벽과 바닥에 흩뿌려졌다. 있는 힘껏 던졌는데도 와인병은 깨지지 않았다. 희율은 발밑에 떨어진 와인병을 내려다보았다.

너는 나를 다치게 하고 싶은 거야.

은영은 그녀의 말을 부정하는 대신 와인병을 집어 들고 바닥과 벽에 묻은 와인을 닦아냈다.

너는 내게 상처 주고 싶은 거야.

희율의 목소리가 떨렸다.

너는 내가 쓰러졌다고 화냈어. 내가 누군가 탄 약을 먹고 오줌을 지린 걸 부끄러워하고, 범죄를 저지르려는 남자들에게 험한 일을 당할 뻔했던 걸 비난했어. 나는 그 일로 너한테 용서를 받아야 한다고 느꼈어. 그런데 왜?

은영은 희율을 바라볼 수 없었다. 와인을 다 닦아낸 후 다용도실 싱크대에서 걸레를 빨았다. 붉은 물은 쉽게 빠지지 않았다. 다시 주방으로 나왔을 때 희율은 더 이상 거기 없었다. 은영은 붉게 물든 걸레를 들고 텅 빈 테이블을 가만히 바라보았다.

그들은 헤어지기로 했다. 희율이 나가겠다고 했다. 은영은 베개를 거실 소파에 옮겨놓았다.

불편하지 않겠어? 최대한 빨리 방을 찾을게.

은영은 어떻게 대답해야 좋을지 몰라 그저 고개만 끄덕였다.

며칠간 둘은 하루에 두세 마디를 주고받으며 지냈다. 밥 먹을 거냐고 은영이 묻고 희율이 괜찮다고 했다. 방에 딸린 화장실에 가도 되겠냐고 은영이 묻고 희율이 그런 건 물어보지 말라고 했다. 마트에 가는데 필요한 거 없냐고 은영이 묻고 희율이 없다고 했다.

은영은 혼자 마트에 다녀오는 길에 걸음을 멈췄다. 무언가 치밀어 오르는 것을 도로 삼키려 애쓰다 주저앉아 양손에 얼굴을 묻었다.

장 본 것을 부려놓고 소파에서 깜빡 잠이 들었다가 눈을 떴는데 앞에 희율이 서 있었다. 벌떡 몸을 일으켰다.

당장 이사 갈 방을 찾기가 쉽지 않네. 우선 에어비앤비로 방을 구했어. 거기서 지내면서 찾아보려고.

그럴 것까지 없어. 얼마 더 이렇게 지내면 되지.

아냐, 벌써 예약했어. 내일 나갈 거야. 오늘 밤만 소파에서 자면 돼.

희율이 대답을 기다리지 않고 방으로 들어가버려서 은영은 급하게 나갈 필요 없다고 말하지 못했다. 소파에서 자는 것도 그리 나쁘지 않다고 말하지 못했다. 정말 괜찮으니까 천천히 방을 알아보라고 말하지 못했다.

닫힌 문틈으로 바퀴가 구르는 소리, 지퍼가 열리는 소리, 서랍이 열리고 닫히는 소리가 새어 나왔다. 다시 지퍼가 닫히고 바퀴가 굴렀다. 그리고 적막해졌다.

그날 밤 은영은 소파에서 잠들지 못해 오래 뒤척였다. 다음 날, 호주 전역에 외출금지령이 내렸다.

필수적인 이유가 아니면 외출이 금지된다고 했다. 은영은 일과 교육, 의료, 식료품 구매, 운동 같은 필수적인 이유 리스트를 받아 적었다. 같은 주소에 사는 경우 2인 이상 집합금지 조항에 해당하지 않는다는 것도. 희율과 뭘 할 수 있을까 생각하다가 닫힌 방문을 보고 고개를 저었다. 희율은 그 무엇도 같이 하려고 하지 않을 것이다.

그날 아침, 희율이 캐리어를 끌고 방에서 나왔을 때 은영은 외출금지령을 이야기해야 했다. 당황한 얼굴로 그게 뭐냐고 묻는 희율에게 잘 모른다고 대답할 수밖에 없었다. 그 누구도 겪어본 적 없는 일이었다.

경찰이 다니면서 검문할 건가 봐. 혹시 모르니까 에어비앤비 숙소로 가야 하는 이유를 생각해두는 게 좋을 것 같아. 일하러 간다거나 수업을 들어야 한다거나 필수적인 이유여야 한대.

은영의 말에 희율은 잡고 있는 캐리어를 노려보았다.

그런 게 있을 리 없잖아.

은영은 연인과의 결별이 필수적인 이유가 되지 않겠냐고 농담을 건네려다 말았다. 희율이 웃지 않을 것 같았다.

다시 전처럼 희율은 방에서, 은영은 거실 소파에서 지냈다. 희율은 은영이 묻는 말에 대답조차 하지 않았다. 화장실에 가면서 살짝 돌아보면 침대 끝에 걸터앉아 창밖을 보고 있었다. 은영도 거실로 나와 방과 같은 방향으로 난 창문을 바라보았다. 희율이 뭘 보고 있었을까 생각하면서.

희율은 거의 먹지 않았다. 은영이 불을 끄고 누웠을 때 방에서 나와 주방에서 뭔가를 먹는 것 같기는 했다. 그러나 다음 날 냉장고를 보면 그대로였다. 빵과 과자만 먹는 것 같아서 은영은 빵과 과자를 잔뜩 사놓았다.

외출금지령이 실행되고 며칠 후, 최소 90일간 외출금지령을 유지한다는 추가 발표가 있었다. 은영은 잠시 고민하다가 방문을 두드렸다. 고개를 푹 숙인 채 침대 모서리에 앉아 있는 희율에게 뉴스를 전했다. 그녀가 천천히 고개를 들었다. 얼굴이 온통 일그러져 있었다. 눈에 커다란 구멍이 뚫려 있어 보고 있으면 어둠 속으로 빨려 들어갈 것 같았다. 은영은 돈이 충분한지 물었다. 부족하면 보내주겠다는 말도 덧붙였다. 희율이 대답하지 않아서 그대로 방을 나왔다. 거실 소파에 앉아서야 깊은숨을 몰아쉬었다.

은영은 한국에 가는 비행기표를 찾았다. 국경 봉쇄로 항공 일정이 모두 취소되었다. 특별 전세기는 만석에 대기자가 200명이 넘었다. 가슴에 손을 올리고 숨을 쉬려고 애썼다. 숨이 쉬어지질 않았다. 비틀거리며 일어나는데 울음소리가 들렸다. 희율이었다. 방에 들어가니 희율이 바닥에 앉아 울고 있었다.

미안해, 내가 미안해.

바닥에 꿇어앉아 희율을 끌어안았다. 그녀는 아무 말 없이 울기만 했다. 은영은 계속 미안하다고 말하며 희율의 어깨에 얼굴을 묻었다.

희율이 울음을 멈추고 잠시 자야겠다며 침대에 올라갔

다. 은영은 머뭇거리다 침대 끝에 앉았다. 희율이 일어났을 때도 그 자리에 있었다.

우리 산책 나가자. 산책은 괜찮잖아.

희율의 말에 은영은 주저하다 전날 공원 벤치에서 혼자 케밥을 먹다가 벌금 1000달러를 맞은 사람 이야기를 했다.

그럼 벤치에 앉지 말고 계속 걸으면 되지.

희율은 아직도 빨갛게 부은 눈으로 은영을 보았다.

그럼 우리 주소가 같은 걸 증명해야 하는데 지금 이 집이 마스터 이름으로 되어 있어서…….

그럼 좀 떨어져서 걸을까?

은영은 고민하다가 마트에 가자고 했다. 마트에서 뭘 좀 사면 식료품 쇼핑이라는 필수적인 이유에 해당되니까. 마트에서 오는 길에 공원도 지날 수 있고.

희율이 웃음을 터뜨렸다.

야, 너는 그렇게 규칙을 잘 지키는 애가 어떻게 레즈비언이 됐냐?

마트에서 작은 빵과 샐러드를 사서 집으로 향했다. 해가 지고 있었다. 진한 보라색 노을 쪽으로 걸으며 같이 감탄했다. 희율은 나온 김에 와인을 사 가자고 했다. 은영은 술을 사는 게 필수적인 이유가 되기 어려울 것 같다며 망설였다.

우리 마트에 다녀왔잖아. 경찰한테 걸리면 장 본 거 보여주면 되지 않아?

술 가게는 더 멀리 돌아가야 하잖아.

둘은 잠시 침묵했지만 걸음을 멈출 수는 없어서 계속 걸었다.

알코올중독이라고 할까?

술 가게에 들러야 하는 핑곗거리를 고민하느라 얼굴을 잔뜩 찌푸린 은영이 웃었다.

야, 말이 되는 소리를 해.

희율은 휴대폰으로 술 가게를 검색해 영업 중이라는 사실을 은영에게 보여줬다.

술 가게가 열려 있으니까 술 사는 게 허용된다는 뜻 아냐?

그러게…… 진짜 알코올중독 때문인가?

이번에는 희율이 웃었다. 그들은 함께 깔깔대면서 술 가게로 향했다.

클리어스킨 와인을 샀다. 공원에 다다랐을 때는 어느새 어두워져 있었다. 공원 끝에는 사람 키를 훌쩍 넘는 원통이 터널처럼 놓여 있었다. 그 안으로 공원을 가로지르는 시냇물이 흘러들었다. 원통 끝은 잘 보이지 않았다. 그 앞에 은영이 멈춰 섰다.

내 생각에는 이게 집 앞으로 연결될 것 같아. 그쪽이잖아.

그럴 수도 있겠네. 집 앞 공원에 물가가 있으니까.

들어가보자.

미쳤어?

원통 안은 칠흑같이 어두워서 아무것도 보이지 않았다.

내일 오후에 다시 오자. 지금은 너무 어두워.

내일은 또 무슨 핑계로 나오려고.

터널 안에서 마약 하는 애들이 많다고 했어.

외출금지령이 내려졌는데 누가 밖에서 마약을 한다고 그래?

둘은 한참을 옥신각신했지만 가만히 서 있는 게 더 위험할지도 모른다는 은영의 말에 결국 캄캄한 원통 속으로 들어섰다. 찰박찰박 밟히는 물에 운동화가 금세 젖었다.

아, 씨.

희율이 중얼거렸다.

돌아갈까?

됐어, 이제 와서 뭘.

그들은 손을 잡고 끝이 보이지 않는 통로를 걸었다.

배 영

우현과 연애를 시작하고 얼마 지나지 않아 여진은 임신했다. 둘은 대학생이었다. 시험기간에 학교 도서관 1층 카페테리아에서 딸기셰이크를 나눠 마시다 그녀가 갑자기 화장실로 달려갔다. 토하고 왔다는 말에 그의 얼굴이 하얗게 질렸다. 그날 임신테스트기를 산 여진은 덜덜 떨면서 우현에게 전화를 걸었다.

다음 날 오전 그들은 함께 산부인과를 찾아 꼭 4주가 되었다는 말을 들었다. 의사는 친절하게 한 번은 괜찮지만 두 번은 위험하다고 했다.

두 번을 하면 다시 임신하기 어려울 수 있거든요. 경험이 있어요?

여진은 고개를 저었다.

그래요, 한 번은 괜찮아요.

당일에 바로 수술할 수 있었지만 여진은 힘들겠다고 했다. 오후에 시험이 있었다.

전공필수 과목이라서요.

진료실을 나오면서 날짜를 세보았다. 4주 전은 여진의 생리 기간이었다.

생리 중에도 임신이 돼?

여진이 묻자 우현은 그녀를 가만히 바라보기만 했다. 그의 얼굴은 여전히 창백했다.

다음 날 오후에 혼자 병원을 찾은 그녀는 대기실에서 "14번 김여진 엄마"라는 부름에 소스라치게 놀랐다. 간호사가 상냥하게 손짓했다. 여진은 수술대에 누워 다리를 양쪽으로 벌린 채 들어 올렸다. 10부터 거꾸로 숫자를 세다 6에서 기억을 잃었다. 마취에서 깨어났을 때는 우현이 옆에 있었다.

시험 잘 봤어?

그가 고개를 끄덕였다.

나 피가 많이 나는 것 같아.

우현의 호출에 병실에 들어온 간호사는 그게 정상이라고 말했다.

여진은 그 후로 며칠간 우현의 원룸에서 지냈다. 여진

이 키우는 고양이에게 먹이를 주는 일은 우현이 맡았다. 시험을 마친 후 그녀의 집에 들러 사료를 채우고 물을 갈고 모래 화장실에서 똥을 골라내 버렸다. 집으로 돌아오는 길에 편의점에서 3분 미역국을 샀다. 여진은 벽을 보고 누운 채 고양이 안부를 물었다.

밥은 먹었어? 똥은 많이 쌌고? 물은 컵에 찰랑찰랑하게 채워놨지?

그는 여진의 옆얼굴을 보면서 그렇다고 대답했다. 길고 검은 머리카락이 바닥에 어지럽게 흩어져 있었다. 미역국을 차려놓고 여진을 흔들었다.

밥 먹어. 밥 먹고 다시 자.

사흘이 지나 여진은 주저하는 우현의 팬티 속에 손을 집어넣어 페니스를 어루만졌다. 아직은 너무 이르지 않냐고 더듬거리는 말과 달리 페니스는 금방 단단해졌다. 그녀는 한 손으로 페니스를 만지면서 다른 손으로 자기 팬티를 끌어 내렸다. 절정에 오르자 벽지를 잡아 뜯었다. 우현은 서둘러 페니스를 꺼내 여진의 배에 사정했다. 그가 그날 입은 티셔츠로 배를 닦는 동안 여진은 찢긴 벽지를 보았다.

내가 정말 사랑하는 거 알지?

여진의 말에 우현은 울음을 터뜨리더니 정액이 묻은 티

셔츠로 눈물을 닦았다.

그들은 같은 날 졸업했다. 졸업하기 전처럼 학교 도서관에서 만나 취업을 준비했다. 대기업 면접 질문지를 들고 서로의 답변에 테이블을 치며 웃었다. 한 분기를 넘긴 후에 여진은 중소기업 여러 곳에 원서를 넣어 복지가 좋은 회사에 취직했다. 졸업 전에 한 번 철강 기업의 면접까지 올라간 적 있는 우현은 세 분기가 지나서야 중소기업에 원서를 넣었다. 결국 두 분기가 더 지나 연봉 2000이 안 되는 작은 회사에 입사했다. 몇 주 후 우현의 원룸 건물이 공사에 들어갔다. 그는 개인 이삿짐 트럭을 불러 여진의 집으로 짐을 옮겼다.

공사는 금방 끝날 거야. 끝나자마자 짐을 빼 갈게.

우현은 방 한구석에 상자를 쌓아놓은 채 매일 밤 미안하다면서 몸을 웅크리고 잠들었다. 공사가 생각보다 길어져 상자를 하나씩 풀었는데, 두 달에 걸친 공사가 끝났을 때에는 이미 우현의 물건과 여진의 물건을 구분하기 어려웠다. 부쩍 많아진 살림 사이에 상을 펴놓고 참치에 밥을 비벼 먹다가 우현이 더듬더듬 말을 꺼냈다.

사실 원룸 계약이 끝났어. 공사가 길어지는 바람에…….

여진은 대답 대신 고개를 끄덕였다. 우편물을 받으려고 주소를 이미 옮겨놓았으므로 따로 할 일은 없었다. 그는 월세와 공과금의 절반을 냈다. 몇 년 동안 취업 준비생으로 지내면서 이런저런 빚이 많아 그 편이 훨씬 나았다. 여진에게도 나쁘지 않았다. 우현은 집안일의 대부분을 했으며 요리 솜씨도 여진보다 나았다. 이제는 3분 미역국이 아니라 진짜 미역국도 훌륭하게 끓일 수 있었다. 고양이를 먹이고 씻기는 일도 모두 그의 몫이었다. 언젠가부터 고양이는 우현을 더 따랐다. 그가 야근하는 날이면 현관에서 몸을 꼿꼿이 세우고 그를 기다리기도 했다.

이후로 여진과 우현은 집을 두 차례 옮겼고 동거한 지 3년째가 되었다. 그들은 연애 기간만큼이나 오래된 친구들이 있었다. 서로의 가족과도 어느 정도 왕래했다. 명절이면 과일 상자를 들고 본가를 서로 오갔으며, 주말이면 둘의 이름이 나란히 적힌 축의금 봉투를 들고 지인 결혼식을 찾았다. 돌아오는 길에 종종 다퉜지만 헤어질 만큼은 아니었다. 바로 다음 주에 또 다른 경조사가 있었다. 어떤 식으로든 화해해서 그들을 기다리는 사람을 만났다.

여진은 현재 생활에 만족했다. 5년 차에 접어들어 회사가 익숙했다. 차근차근 오른 연봉 덕에 적금도 부족하지 않게 부을 수 있었다. 회사에서 매달 20만 원짜리 복지 카드를 받아 우현과 종종 외식했다. 돈이 남으면 고양이 간식을 샀다.

반면 우현은 불평이 늘었다. 늦게 퇴근할 때마다 여진에게 짜증을 냈다. 그의 업무는 회사가 개발한 프로그램의 오류를 잡는 것이었다. 회사 컴퓨터는 누군가의 실수와 잘못, 오류로 가득 차 일이 영원히 끝나지 않을 것 같았다. 사람이 숨을 쉬고 밥을 먹고 밤새워 일하며 노력하는 모든 순간이 실수를 만들어내기 위한 것만 같았다.

그는 언제부턴가 회사를 그만두고 공무원 시험을 준비하겠다느니 웹디자인 공부를 해보겠다느니 하는 이야기를 반복하다가 돌연 취미를 가져보겠다고 했다. 성인미술반이라든지 산악회라든지 동해서핑클럽이라든지 하는 이름들이 입에서 흘러나왔다. 여진은 그때마다 고개를 대충 주억거리며 이야기를 들어주었다. 캠핑도 그중 하나였다. 우현은 캠핑족을 다룬 기사를 보여주었다.

그럴듯하지? 캠핑은 우리가 같이 할 수도 있어.

흥미가 곧 다른 영역으로 넘어갈 거라 예상했지만 그는 캠핑 도구를 주문하기 시작했다. 텐트와 침낭, 에어 매트리스, 사이드 테이블, 접이식 의자, 코펠, 휴대용 버너, 각종 랜턴, 화로가 차례로 배달되었다. 우현은 에어 매트 위에서 침낭에 들어가 잤다. 코펠과 휴대용 버너로 국을 끓였다. 저녁 식사 내내 랜턴이 그들의 얼굴을 환하게 비춰주었다. 고양이는 침대 옆에 펼쳐놓은 접이식 의자에 자리를 틀었다.

어때, 정말 그럴듯하지?

랜턴 불빛 때문에 우현의 얼굴이 비현실적으로 하얗게 보였다. 여진은 그의 눈가에 생긴 주름을 알아챘다.

첫 캠핑 날짜와 장소는 우현이 정하기로 했다. 언제 어디로 가는 게 좋을지 묻자 여진은 아무래도 상관없다고 답했다. 다섯 가지 경우의 수를 두고 고민한 그는 제비를 만들어 여진에게 하나를 뽑도록 했다.

8월의 마지막 주말, 서해.

우현은 랜턴 불빛 아래서 짝 손뼉을 쳤다.

고양이가 자기 집처럼 여기는 접이식 의자를 제외한 짐은 이미 일주일 전부터 차에 실어두었다. 여진은 캠핑용품으로 뒷좌석을 꽉 채우고 출퇴근하면서 차가 느려졌다고 생각했지만 별 내색을 하지는 않았다.

캠핑 전날 그녀는 회식이 있었다. 우현이 몇 번이고 전화해서 빨리 들어오라고 했지만 2시가 넘어서야 들어왔다.

그는 아침 일찍 출발해야 하는데 지금 들어오면 어떡하냐고 화냈다.

내가 계속 말했잖아.

너는 항상 별거 아닌 일로 사람을 괴롭혀.

우현은 여진이 이기적인 데다 무책임하다고 했다. 한참을 다투다 그녀는 정 그러면 너 혼자 가라고 말해버렸다.

너는 왜 모든 게 불만인데?

둘은 마주 서서 한참을 노려봤다.

다음 날 간단하게 아침을 먹기로 한 고속도로 휴게소에 도착하기까지 그들은 아무 말도 하지 않았다. 우현이 에어컨을 켜자 여진은 차창을 열었다. 뜨거운 바람이 차 안으로 밀려 들어왔다. 그는 말없이 에어컨을 껐다. 그녀는 이제 완전히 끝났다고 생각했다. 언제 어떻게 헤어지면 좋을까. 다음 주에는 대학 동기의 결혼식이 있었다. 그다음 주에는 아버지 생신이었다. 헤어졌다고 하면 사람들은 어떤 표정을 지을까. 함께 묶인 집 보증금도 쉽지 않은 문제였다. 차가 없는 그의 직장 근처에 집을 구하면서 우현과 여진은 6 대 4로 보증금을 나눠 냈다. 보증금을 받으려면 집을 정리해야 할 텐데 집이 언제 나갈지 알 수 없었다. 그동안 작은 원룸을 구하는 것도 방법이었지만 늘어난 살림이 원룸에 들어갈 것 같지 않았다. 고양이를 위한 공간도 필요했다. 거기까지 생각이 미치자 여진은 고양이에게 이틀 치 사료를 챙겨주는 것을 깜빡했음을 깨달았다. 잠시 망설이는 동안 뜨거운 바람이 계속해서 밀려들었다. 목을 타고 흐르는 땀을 닦아냈다.

돌아가야겠다. 사료 그릇을 채워놓는 걸 까먹었어.

내가 채워놨어. 물컵도 큰 걸로 바꿔놨고.

그녀는 차창을 올리고 에어컨을 틀었다. 뜨거운 몸이 빠르게 식었다. 우현을 돌아보았다. 그는 미간을 찌푸린 채 입을 꾹 다물고 있었다. 처진 눈매, 낮은 코, 둥근 턱선. 잠결에도 그려낼 수 있을 익숙한 얼굴이었다. 다시 창밖을 보았다. 우현은 좋은 사람이었다. 여진은 그걸 잘 알았다.

바다는 아름다웠다. 회색 바닷물이 햇살을 받아 불투명하게 반짝거렸다. 실크 스카프가 넓게 펼쳐진 것 같았다. 둘은 모래사장에 나란히 서서 감탄했다.

오길 잘 했다.

응, 정말.

여진은 그의 손을 잡고 고개를 떨구었다. 그제야 등산

화가 눈에 들어왔다.

왜 등산화를 신었어? 안 더워?

우현은 어깨를 으쓱하고는 차로 돌아가 텐트를 꺼냈다. 여진은 낮은 소나무 아래에 텐트를 치는 그를 물끄러미 보았다. 노란 텐트와 빨간 햇빛 가림막은 색이 너무 밝아서 비현실적으로 느껴졌다. 그는 접이식 의자 두 개를 텐트 앞에 펼쳐놓고 손짓했다.

그들은 잠시 아무 말 없이 의자에 앉아 있었다. 해가 뜨거운 데다 습한 바닷바람까지 불어 그녀는 벌써 땀으로 온몸이 젖었다. 등산화를 몇 번이나 다시 봤지만 아무 말도 하지 않았다. 대신 눈을 감고 비리고 짠 바다 냄새를 맡으려고 노력했다. 숨을 들이마실 때마다 뜨거운 공기가 안으로 밀려들었다.

우리 수영하자.

여진이 일어나면서 말했다.

만 원을 주고 빌린 튜브는 여진에게는 다소 무거웠다. 우현이 들어주겠다고 손을 내밀었지만 고개를 가로저었다. 한쪽 어깨에 노란색 튜브를 짊어지고는 기우뚱하게 걸었다. 둘은 차가운 물에 발을 담갔다. 여진이 잠깐 몸을 떠는 사이, 우현은 좀 더 깊이 들어가 물에 첨벙 뛰어들었다. 여진은 튜브를 허리에 꼈다. 그는 벌써 저 멀리에서 수영하고 있었다. 그녀는 우현이 수영하는 방향으로 조금씩 걸어가다 발이 닿지 않자 몸을 앞으로 숙여 발을 찼다. 있는 힘을 다했지만 파도가 올 때마다 뒤로 밀려나면서 우현과 점점 더 멀어지는 것 같았다. 우현을 불렀다. 그는 듣지 못했는지 계속 앞으로 나가기만 했다. 양 주먹을 꽉 쥐고 목소리를 높이자 우현이 그녀를 돌아봤다.

그가 다가오자 여진은 다짜고짜 소리쳤다.

도대체 뭐 하자는 거야?

그들은 바다 한가운데 있었다. 우현은 물에 떠 있으려고 팔다리를 계속 저었다. 한낮의 태양 아래 그의 얼굴이 해쓱해 보였다. 여진은 갈수록 화가 치밀어 양손으로 튜브를 팡팡 쳤다.

같이 시간을 보내자고 온 거 아냐? 이럴 거면 도대체 여기까지 왜 왔어?

너는 수영도 할 줄 모르면서 뭘 같이 하자는 거야?

그는 젖은 손으로 하얀 얼굴을 쓰다듬었다.

말다툼하는 중에 그녀는 그들이 해변에서 꽤 멀어졌음을 깨달았다. 순간 덜컥 겁이 나 이리저리 둘러보았다. 언제 이렇게 멀리까지 왔지? 어떻게 이렇게 멀리까지 왔지? 주변에 아무도 보이지 않았다. 끝없이 펼쳐진 바다에 단둘뿐이었다. 우현을 노려보고는 해변을 향해 발을 찼다. 옆에서 수영하던 우현이 금방 여진을 앞질러 갔다. 그가 멀어지자 여진이 다시 소리를 질렀다.

뭐라고?

여진에게 돌아온 우현이 물었다.

날 좀 끌어내라고.

그가 튜브를 한 손으로 잡고 수영하는 동안 그녀는 튜브에 등을 기댔다. 뜨거운 햇살이 얼굴에 닿았다. 눈을 감았다.

내가 배영할 줄 아는 거 몰라?

뭐?

나 배영할 줄 알아.

그래, 내가 가르쳐줬잖아.

그걸 알면서 왜 나한테 수영 못한다고 했어?

튜브 위로 다리를 꺼내 올렸다. 튜브에 완전히 드러눕고서 그의 팔다리가 물을 가르는 소리를 들었다.

나한테 다시는 수영 못한다고 하지 마.

저녁을 준비하느라 우현은 혼자 분주하게 움직였다. 화로를 설치하고 숯에 불을 붙이고 고기를 구웠다. 같이 하자며 여진이 일어날 때마다 어깨를 잡아 도로 앉혔다.

할 줄 아는 사람이 해야 돼.

그는 익은 고기를 접시로 옮겼다. 그녀는 일부러 입을 벌리고 소리를 내며 고기를 질겅질겅 씹었다. 우현도 자리에 앉아 고기가 수북한 접시와 술병을 비우는 동안 해가 졌다. 술에 취한 여진은 그의 담배를 집어 들었다. 우현이 안주가 필요하지 않냐고 말하며 비틀비틀 일어났다. 밤이 어두웠다. 그는 광부처럼 헤드 랜턴을 차고서 고기를 구웠다. 그녀는 불빛 아래 컴컴한 그의 얼굴을 보면서 담배 몇 개비를 연달아 피웠다.

그들은 바닷가에 나란히 앉았다. 여진이 폭죽을 터뜨리자고 하자 우현이 매점에서 폭죽을 사 왔다.

이러니까 우리 대학 다닐 때 생각난다.

누가 먼저랄 것도 없이 웃었다. 둘이 학교 엠티에서 폭죽을 사겠다고 나섰다가 길을 잃어버렸을 때가 떠올라서였다.

길에서 개가 튀어나오니까 네가 막 소리를 지르고, 나는 무서워서 울고…….

여진이 이야기하는 동안 우현은 폭죽에 불을 붙여 그녀에게 건넸다.

그런데 그 개가 우리를 흘긋 보더니…….

그때 폭죽이 터지는 소리와 함께 우현이 소리를 질렀다. 그의 다리에 불이 붙었다. 그는 다리에 모래를 뿌려 불을 껐다.

폭죽을 거꾸로 들고 있었나 봐.

우현이 옆으로 집어 던진 폭죽에선 계속 불꽃이 터져 나왔다. 여진의 폭죽도 뒤늦게 불꽃을 토해냈다. 그녀는 빨갛게 부어오르는 그의 다리를 지켜보았다.

병원에 가야 하는 거 아냐?

괜찮아.

안 괜찮아 보이는데?

정말 괜찮아. 이러다 나을 거야.

여진은 잠시 침묵하다 다른 폭죽에 불을 붙였다.

폭죽을 다 써버린 후 밤바다를 따라 걸었다. 가로등에서 멀찌감치 떨어진 모래사장의 어둠 속 여기저기에 연인들이 바위처럼 웅크리고 있었다. 우현은 다리를 절뚝거렸다. 상처가 그새 거무죽죽하게 곪아 있었다. 여진은 고개를 돌렸다. 우현이 이런저런 얘기를 했지만 대답하지 않았다. 그는 계속 말했다. 그녀는 방향을 틀어 바다로 걸어갔다. 슬리퍼를 신은 발이 물에 잠기고, 무릎이 잠기고, 반바지가 다 잠길 때까지 걷다가 우뚝 멈춰 섰다.

우현아!

여진은 뒤돌아 우현에게 팔을 크게 흔들었다. 그가 따라서 손을 흔들었다. 그녀는 물 밖으로 나와 슬리퍼부터 반바지와 티셔츠, 속옷까지 다 벗고서 다시 바다에 들어갔다. 이번에는 빠르게 걸었다. 그녀의 몸이 검은 바닷물에 순식간에 잠겼다. 물 위에 누웠다. 달이 저 높이에서 하얗게 빛났다. 바닷물 위로 얼굴과 가슴을 내놓고 배영을 했다. 다리를 젓고 또 저었다. 힘이 빠져 더 이상 다리를 저을 수 없자 눈을 감았다. 달이 사라졌다. 물속으로 천천히 가라앉았다. 차고 외로웠다. 이 기분을 절대로 잊어버리지 않겠다고 다짐했다.

우현은 여진보다 먼저 텐트에 들어갔다. 그녀는 접이식 의자에 앉았다. 그가 코를 골기 시작했을 때 여진도 텐트로 들어갔다. 그는 반짝이는 검은색 침낭 안에 똑바로 누워 있었다. 아주 잘 보관된 미라 같았다. 그 옆에 깔린 침낭 위에 여진도 누웠다. 텐트의 노란 천장을 노려보다 일어나 앉았다.

일어나봐.

우현을 깨웠다. 그는 몸을 뒤척이기만 하고 일어나지

않았다.

우현아, 일어나봐.

한참 흔든 후에야 그가 한쪽 눈을 가늘게 떴다.

우리 돌아가자.

뭐?

너무 추워서 도저히 잘 수가 없어. 집에 가자.

우현은 인상을 잔뜩 찌푸린 채 실눈으로 여진을 올려보다 도로 눈을 감았다.

네가 침낭에 안 들어가 있으니까 그렇지. 이거 되게 좋은 침낭이야. 들어가봐. 엄청 따뜻해.

들어가봤어. 정말 못 자겠어. 집에 가서 잘래.

조금 있으면 아침이야. 조금만 참다가 그때 가자.

아니, 지금 갈래. 나 너무 추워.

우리 그냥 못 가. 텐트도 걷어야 하고…….

우현은 눈을 감은 채 손을 침낭 밖으로 꺼냈다. 그의 손이 텐트 바닥을 더듬다가 여진의 허벅지에 올라왔다. 그는 여진을 달래듯 다정하게 허벅지를 두드렸다.

여진아, 다시 자려고 해봐.

빨리 일어나, 나 지금 갈 거야.

잠시 그대로 누워 있던 우현은 천천히 눈을 뜨고서 침

낭 지퍼를 끌어 내리더니 상체를 일으켰다. 조용히 침낭을 접었다. 여진은 말없이 그를 보기만 했다.

그만해.

우현은 그렇게 말하고는 공기를 뺀 매트리스를 백에 넣은 뒤 밖으로 나가 텐트를 정리하기 시작했다. 밖은 여전히 어두웠다. 그녀는 의자에 놓인 랜턴을 들어 불을 비춰주었다. 그가 쭈그려 앉아 땅에 박힌 못을 빼내다 말고 일어났다.

괜찮아질 거야. 그러니까 그만해.

여진이 아무런 대답을 하지 않자 그는 다시 앉아 못을 마저 뽑았다. 우현이 텐트를 빙 돌아가며 못을 뽑는 동안 여진은 그를 따라다니며 그의 손을 비추었다. 그가 지지대를 뽑아서 추리고 텐트를 차곡차곡 접을 때도 랜턴 불빛은 그의 손에 머물렀다.

서울로 가는 차에서 우현은 여진에게 괜찮냐고 물었다.

얼굴이 해쓱해.

머리 아파. 술을 많이 마셔서 그런가 봐. 두통약 없어?

그는 차를 갓길에 대고 뒷좌석에 있는 상자에서 감기약을 꺼내 건넸다.

두통약은 아닌데 그게 그거일 거야.

여진은 물도 없이 알약을 아그작아그작 씹어 삼켰다. 입이 썼다. 더운 바람이 차 안으로 불어 들어왔다.

문을 여니 고양이가 현관에서 꼬리를 잔뜩 세우고 있었다. 여진은 문 옆에 서서 몸을 굽혀 고양이를 쓰다듬는 우현을 보았다. 고양이가 등을 높이 치켜들고 그의 다리에 몸을 비볐다. 다리에 난 상처에서는 진물이 났다. 고양이의 하얀 털에 진물이 묻었다. 그녀는 집 안으로 들어서지 못하고 복도에 주저앉아 울었다. 아주 오랫동안 복도에 쭈그리고 앉아서 울었다.

| 작가의 말 |

이 책에 실린 소설은 각각의 발표 시기로 짐작할 수 있듯이 시간의 틈이 매우 넓다. 소설을 쓸 때의 마음 역시 서로에게서 멀리 떨어져 있는데, 책으로 묶으려 다시 읽으면서 그 마음들이 너무 닮아 놀랐다.

미발표작인 〈졸업 여행〉은 2019년에 썼다. 호주가 산불로 고통받은 때였다. 뉴스에서는 끝없이 불타는 숲이, 새끼를 끌어안은 채 불에 탄 코알라가, 노을이 아닌 화염으로 붉게 물든 하늘이 나왔다. 호주 전역에 퍼진 산불이었다. 내가 사는 지역은 산불 피해를 직접 입지는 않았는데 아침에 창문을 열면 매캐한 재가 들이닥쳐서 가까운 곳에 큰불이 났다는 것을 알 수 있었다. 오랜 가뭄으로 급수제한령이 내렸다. 잔디가 누렇게 마르고 군데군데 흙이 드러났다. 앞

집에 사는 독실한 기독교인은 비가 오게 해달라고 기도한다고 했다. 신을 믿지 않는 사람도 기도하는 마음으로 사는 때였다. 나 역시 그런 마음으로 〈졸업 여행〉을 썼다. 폭염과 가뭄으로 뜨겁고 목마른 계절이었다.

불길에 내몰리는 승수의 마음을 기억한다. 깊고 차가운 물속에 가라앉는 여진의 마음도, 어둡고 뜨거운 폐광에서 주저앉는 진우의 마음도 기억한다. 그 마음들이 책으로 나올 수 있어서 다행이다.

책을 읽는 당신의 마음이 어디에 있든지 그들의 마음과 닿을 수 있기를 바란다. 그래서 우리가 조금 덜 외롭기를 바란다.

하상민 편집자님이 거의 모든 문장을 다듬어주셨다. 많이 배웠다. 진심을 담아 감사드린다. 최해경 팀장님을 비롯해 이 책을 위해 애써주신 한겨레출판 문학팀에 감사드린다.

2024년 2월

여전히 뜨거운 여름, 시드니에서

| 수록 작품 발표 지면 |

입국심사 … 〈문학3〉 9호(창비, 2019)

캠벨타운 임대주택 … 웹진 〈비유〉 21호(2019)

골드러시 … 〈현대문학〉 2021년 1월호

졸업 여행

헬로 차이나 … 〈문학사상〉 2023년 3월호

한국인의 밤 … 웹진 〈너머〉 창간호(2022)

외출 금지 … 《팔꿈치를 주세요》(큐큐, 2021)

배영 … 웹진 〈비유〉 1호(2018)

골드러시

초판 1쇄 인쇄 2024년 3월 1일
초판 1쇄 발행 2024년 3월 5일

지은이 서수진
펴낸이 이상훈
문학팀 하상민 최해경 김다인
마케팅 김한성 조재성 박신영 김효진 김애린 오민정

펴낸곳 (주)한겨레엔 www.hanibook.co.kr
등록 2006년 1월 4일 제313-2006-00003호
주소 서울시 마포구 창전로 70 (신수동) 화수목빌딩 5층
전화 02-6383-1602~3 **팩스** 02-6383-1610
대표메일 munhak@hanien.co.kr

ISBN 979-11-6040-734-1 03810

- 값은 뒤표지에 있습니다.
- 파본은 구입하신 서점에서 바꾸어 드립니다.

- 이 책은 서울특별시, 서울문화재단 '2021년 창작집 발간 지원사업'의 지원을 받아 발간되었습니다.